Josefine Müllers

Der Wurf des Sämanns

Parabeln und gleichnishafte Erzählungen

Josefine Müllers

Der Wurf des Sämanns
Parabeln und gleichnishafte Erzählungen

1. Auflage 2020

Gestaltung: Josefine Müllers
Foto des Gemäldes *Der Sämann* (Detail) von Vincent van Gogh und Foto des Udjat-Auges: Josefine Müllers

Verlag: tredition GmbH, Halenreie 40 – 44
22359 Hamburg

ISBN Paperback: 978-3-347-02823-4
ISBN Hardcover: 978-3-347-02824-1
ISBN e-Book: 978-3-347-02825-8

Die deutsche Nationalbibliothek verzeichnet diese Publikation in der Deutschen Nationalbibliographie. Detaillierte bibliografische Daten sind im Internet abrufbar unter: http://dnb.d-nb.de

Gedächtnis

Worte sind wir
Verstreut vom Weltenschicksal
Wie Saat im Wind
Aus des Sämanns Hand.

Wer schaut den Sinn
Im Sprießen des Korns?

(Josefine Müllers
aus: *Der Liebe selig Lied*)

Vorwort der Verfasserin

Parabeln und Gleichnisse stellen eine alte literarische Gattung dar, die sehr gern in religiösen Texten - wie z. B. der Bibel - und in Weisheitsbüchern aller Art verwandt wird. Sie kommt meist dann ins Spiel, wenn eine schwer zu fassende Wahrheit oder Erkenntnis sich der direkten Aussprache zu entziehen scheint und am besten durch eine Art lehrhafter Erzählung verdeutlicht wird, welche in Analogie zu dem Gemeinten steht. In der Regel handelt es sich um die Symbolik aus einem anderen Vorstellungsbereich, der sich erhellend auf das Gesagte auswirkt. Zuweilen steht am Ende eine sinnerläuternde Lehre oder „Moral". Aber grundsätzlich gilt, dass es sich bei dieser metaphorischen Rede um eine symbolhafte Darstellung und Verdichtung handelt, deren unendlicher Bedeutungsgehalt nie voll ausschöpfbar ist.

Parabeln und gleichnishafte Erzählungen haben zudem den Vorteil, dass sie nicht nur lehrreich, sondern zugleich unterhaltend sind. Sie sprechen oft unmittelbar das Unterbewusste und den Bereich intuitiver Erkenntnis an und inspirieren die Seele des Lesers und der Leserin zu eigener produktiver Symbolbildung und zu schöpferischer Tätigkeit.

Die Intuition als Herz-Erkenntnis und der Prozess des Sehendwerdens als ein Schauen mit den Augen der Seele betrifft aber nicht nur das „Medium Parabel", sondern bildet zugleich in weiten Strecken das Hauptthema der hier vorgestellten Erzählungen. Wie können wir lernen, das

Göttliche in uns - die Wahrheit des wirkenden göttlichen Geistes - zu erkennen und es bewusst in die Welt auszustrahlen? Ohne Erkenntnis unseres wahren Selbst bleibt uns auch die Erkenntnis des Wesens anderer und der uns umgebenden Welt verborgen.

Das wussten auch die Wahrheitsforscher und Weisheitslehrer alter Zeiten, die uns ihre Erkenntnisse nicht selten in antiken Mythen und Legenden weitergegeben haben. Diese haben auch heute von ihrer Aktualität nichts verloren. Deshalb habe ich einige dieser exemplarischen Symbolgeschichten in meine Parabel-Sammlung aufgenommen, um an ihnen Stadien der Seele auf dem Wege zur Vervollkommnung des Menschen aufzuzeigen.

Dr. Josefine Müllers

Inhalt

Epilog-Gedicht:

Autorenportrait

Ziel und Weg

Stell dir vor, Menschen befinden sich mitten in einem Urwald und, um ein Fest zu feiern, wollen sie zu einer gewissen Hütte gelangen. Da siehst du mit einem Mal, dass sie bereits mitten in der Hütte stehen. Aber wie in einer Computer-Animation biegen sich die Balken der Hütte von der Mitte aus zu beiden Seiten und geben einen Weg frei. Die Männer und Frauen gehen einer hinter dem anderen auf diesem Weg geradeaus, während ihnen die Balken auf beiden Seiten die Sicht verdecken.

So ist es mit dem Menschen: Mit seinen höheren Bewusstseinsaspekten ist er bereits am Ziel. Dort ist sein Denken in der Simultaneität. Die anderen Aspekte seines Bewusstseins, denen die Sicht durch Vor-Stellungen und Projektionen des Selbst verdeckt ist, müssen erst noch durch Auflösung dieser Blockaden dorthin gelangen.

Sehen lernen

Ein Mann sitzt in seinem Wohnzimmer und schaut fern. Er schaut aber nur ein einziges Programm, das in schwarz-weiß ausgestrahlt wird. Immer wieder dieses eine Programm, so als gäbe es gar keine anderen Kanäle. Er leidet mit den Menschen im Fernsehen mit. Er lacht über ihre Späße. Und nicht selten ärgert er sich, wenn wieder etwas in einem Film geschieht, was ihm nicht passt, oder in einer Diskussion gesagt wird, was ihm unrichtig erscheint.

Allmählich gewöhnen sich seine Augen an das schwarz-weiße Bild und er vergisst, dass es noch eine andere Welt gibt als diese. Sein Geist lebt in den Vorstellungen und Meinungen, die auf diesem einen Kanal ausgestrahlt werden. Sein Denken kreist um die Ziele, die ihm als erstrebenswert dargestellt werden, und er ergeht sich das eine Mal in phantastischen Wünschen und versinkt das andere Mal in tiefe, quälende Sorgen. So lebt er dahin und bemerkt weder die Farbenblindheit seiner Augen noch die Eingeschränktheit seines Geistes. Er stellt nur mit Erschrecken fest, dass seine Lebenszeit sehr schnell verrinnt, und mit der Angst vor dem Ende klammert er sich nur mehr an dieses Leben.

Eines Tages meldet sich ein alter Freund bei ihm. Dieser Freund kennt nicht nur die anderen schwarz-weißen Fernsehkanäle, sondern er hat auch farbig ausgestrahlte Sendungen gesehen. Ja dieser Freund kennt nicht nur die Wirklichkeit aus dem Fernseher, sondern er ist auch durch die Welt gereist und hat wunderschöne Landschaften und viele andere Völker und Kulturen aus direkter Anschauung und in direkter Erfahrung kennen gelernt.

Stellt euch vor, wie schwierig und mühsam es für ihn sein muss, seinen Freund an dem Reichtum dieser ganzen Welt teilhaben zu lassen. Um ihn von ihrem Bestehen zu überzeugen, wird es nicht ausreichen, dass er ihm davon erzählt. Der andere muss ja auch die Zwischentöne in den Geschichten verstehen. So wird er versuchen, die Erinnerung des Mannes zu wecken. Zunächst an das eine oder andere Ereignis aus seinem früheren Leben, als er noch nicht auf das schwarz-weiß-Sehen eingeschworen war. Dann wird er ihm einen anderen farbigen Fernsehkanal zeigen, so dass sich die Augen des Mannes langsam wieder an die Farben gewöhnen. Schließlich wird er seinen Freund langsam hinausführen, zunächst nur ein kurzes Stück, damit jener nicht der Heftigkeit und der Vielfalt der Eindrücke erliegt. Und langsam immer ein Stückchen weiter des Wegs. Er wird seinem Freund das Gehörte und das Gesehene erläutern, bis dieser sich immer stärker erinnert und sich schließlich vollkommen seiner selbst innewird. Dabei lernt er nach und nach, die ganze Pracht und Schönheit der Welt zu schauen und die verdeckten Beweggründe und Zusammenhänge zu erkennen.

Wenn du einen solchen Freund suchst, lieber Leser, so höre und sieh dich genau in deiner Umgebung um! Aber versäume auch nicht, in dein Herz zu gehen und dort Umschau zu halten: Denn offene Herzen, in denen es ein bisschen warm ist, sind Wohnstuben, in denen weise Seelen und Engel sich besonders gern aufhalten. Und, im Vertrauen gesagt, einen besseren und kompetenteren Freund als einen solchen, der dich einführt in alle vergessenen und unerkannten Welten, findest du nicht. Hast du erst angefangen, dich in sein Schauen einzuleben und seine Sprache zu verstehen, so bleibt dir schließlich auch Höchstes - oder wenn du so willst, Tiefstes - nicht mehr verborgen. Nur, ein bisschen Liebe und Mühe solltest du schon aufwenden!

Bericht über ein fragwürdiges Ereignis

E. traf ihre Freundin K. und erzählte ihr folgende Geschichte:

„Gestern Abend saß ich in meinem Wohnzimmer und schaute mir eine Sendung im Fernsehen an. Da es noch lange hell war, hatte ich kein Licht eingeschaltet. Das wollte ich ändern, da es allmählich dunkler zu werden begann. Als ich den Schalter der kleinen Tiffany-Tischleuchte betätigte, die normalerweise ein behagliches orangefarbenes Licht ausstrahlt, gab die Lampe, nachdem das Licht kurz aufgeleuchtet war, einen lauten, trockenen Knall von sich, und auf der Stelle lag alles im Dunkeln. Ich glaubte, die Glühbirne sei defekt. Das erwies sich als nicht richtig. Denn als ich die Glühbirne ausgetauscht hatte, änderte dies nichts an der vorherigen Situation.

Ich ging nun zu meinem Schreibtisch, um eine andere, sehr große Tiffany-Lampe anzumachen. Aber auch diese funktionierte nicht. Ich folgerte, dass die defekte Lampe einen Kurzschluss produziert hätte und ging zum Sicherungskasten. Aber alle Sicherungen waren völlig in Ordnung. Das verwunderte mich etwas. Nun probierte ich nacheinander alle Lampen zunächst im Wohnzimmer aus. Das Deckenlicht ging einwandfrei. Aber auch alle Stehlampen mit weißem Licht funktionierten, nicht aber die vier farbigen Tiffany-Leuchten, die an unterschiedlichen Stellen des Raumes zwischen den weißen Lampen platziert sind. Ich wurde stutzig. Was war das?

Lächelnd sprach ich zu mir selber: ‚Ach, die Tiffany-Lampen kommunizieren wohl untereinander. Eine kaputt, alle kaputt. Habe ich vielleicht den Tiffany-Geist durch irgendetwas beleidigt?' Während ich dies vor mich hin murmelte, nahm ich eine der Tiffany-Leuchten und versuchte, sie im Schlafzimmer einzuschalten, weit entfernt von den Stromkreisen des Wohnzimmers. Aber alles fruchtete nichts: die Tiffany-Leuchten mit dem farbigen Licht hatten ihren Geist aufgegeben, während die weißen Lampen auch an den Steckdosen funktionierten, an denen zuvor die Tiffany-Lampen angeschlossen gewesen waren.“

E. beendete ihren Bericht über die Lampen und ihr Licht mit der Frage an ihre Freundin, was sie darüber denke.

„Was soll ich davon halten?“, meinte diese zweifelnd, „ich weiß nicht, was da passiert ist.“

„Vielleicht sollte die Frage besser lauten, was der Sinn dieses Vorfalls ist“, sann E. dem Geschehen nach.

„Welcher Sinn? Das ist doch absurd“, warf K. ein. „Du legst damit nahe, dass es keine physikalische Ursache dafür gibt... Was sollte das Ganze für einen höheren Sinn haben?“

„Bedenke doch einmal, dass nur das farbige Licht mit seinem Schein betroffen ist, nicht aber das reine weiße Licht, das weiterhin strahlt“, warf E. ein.

K. schaute ihre Freundin kopfschüttelnd an. „Ich verstehe nicht, was du da andeuten willst."

„Das helle weiße Licht ist gleichsam ursprünglich, ist un-gebrochen", gab E. zu bedenken, „während das bunte Licht sich an der Materie brach, also solchermaßen nur Abglanz des Wahren, Ewigen ist."

„Und was will dir dann das Ereignis sagen?" fragte K. ihre Freundin erstaunt.

„Vielleicht dass ich Sein und Schein besser unterscheiden muss…, vielleicht dass der bunte Schein keinen Bestand hat in den höheren Dimensionen… Vielleicht aber auch das Gegenteil: dass ich das Leben besser achten, mehr auf es aufpassen muss, denn ‚am bunten Abglanz haben wir das Leben', wie Goethe sagt. … ich weiß nicht", gestand E. ihrer Freundin etwas hilflos ein.

„Und warum erzählst du mir dann diese unglaubliche Ge-schichte?", wollte K. wissen.

„Damit ich ihren Sinn erkenne", gab E. zur Antwort, „ja, deshalb wohl."

Das Lied

Unsere Geschichte handelt von einem kleinen Mädchen, das in einer einfachen, aber liebevollen Familie in einem kleinen Städtchen unseres Landes lebt. Es verbringt seine Tage wie andere Kinder im Spiel in der schönen Landschaft der benachbarten Seen und lebt dort behütet von den Geistern der Natur und im Schoße seiner Familie. Von seinem Bruder lernt es, Gedichte und abenteuerliche Geschichten zu lesen.

Aber bald werden ihm das Elternhaus und das kleine Städtchen zu eng und es wartet darauf erwachsen zu werden. Als es soweit ist, geht das junge Mädchen nach Paris, in die große Stadt der Liebe und des Glücks, von der es schon so lange geträumt hat und die ihm wunderschön zu sein scheint, weil man dort so eine klangvolle und - wie es meint - ihm schon lang vertraute Sprache spricht. In Paris lernt es einen jungen Mann kennen, der ihm seine Liebe in spanischen Gedichten und Liedern erklärt. Es folgt dem jungen Mann in seine Heimat und erlernt die neue Sprache und alles, was mit dieser Kultur zusammenhängt.

Irgendwann bemerkt es, dass es ihm nicht genug ist, nur die Sprachen sprechen zu können, es möchte das Geheimnis der Sprache verstehen. So geht das junge Mädchen in eine große Universitätsstadt seines Heimatlandes, um dort Literaturen zu studieren. Es stößt schließlich auf einen wunderbaren Lehrer, der es einführt in die Weisheit vergangener Dichtungen und Philosophien und ihm all das offenbar macht, was in seiner Seele immer schon lebte.

Dafür liebt es aus ganzem Herzen seinen Lehrer und die Liebe beflügelt es so sehr, dass es schließlich selber anfängt, Gedichte zu schreiben. Immer handeln diese Gedichte von seinem Herzen und seiner Liebe und alles Schöne möchte es nun diesem einen Menschen in seinem Lied schenken. Aber dieser antwortet ihm nicht wie erhofft mit eigenen Liedern. So verfällt das Mädchen in Trauer, denn es glaubt die Liebe verloren zu haben und niemals mehr Gedichte schreiben zu können.

In Wahrheit aber hatte die Liebe sein Herz so sehr bewegt, dass die Sinne des Herzens sich geöffnet hatten und staunend erfährt das Mädchen nun, dass man mit dem Herzen nicht nur fühlen, sondern auch hören und sehen, ja sogar denken kann. Nach und nach entdeckt es ein Universum und beginnt zu verstehen, dass es niemals getrennt ist von dem, was es liebt und liebte. Aber es ist schwierig, diese so neue Sprache zu verstehen und noch viel schwieriger sie zu sprechen. Und so traut es sich nicht recht, von und in dieser Herzsprache zu sprechen. Und zu welchem Menschen auch?

Da trifft es in einem Engel-Seminar auf einen weisen Mann, der ihm sogleich bekannt erscheint, denn auch er hat eine tiefe Liebe zum Licht entwickelt. Dieser Mensch, der natürlich wieder ein Dichter ist, wird schnell zu einem Freund und Liebenden. Das Mädchen erfährt von ihm und seinen Büchern viele Geschichten über kosmische Zusammenhänge, die es durch das Herz schon weiß, die es sich aber nicht als Wahrheit anzuerkennen getraute.

Nun wird ihm nach und nach seine Suche nach dem Ewigen Wort bewusst und erst nun kann es beginnen wahrhaft zu dichten: über die Schönheit der Erde, die Liebe des Kosmos und der Seelen und das Lied des Herzens. Und sein Gesang wird zu einem strömenden nimmer endenden Lied...

Der geschenkte Tag

Es war an einem sonnigen Wintermorgen. Das Wetter war ausgesprochen mild, und da Sonntag war, beschloss ich einen längeren Waldspaziergang zu machen. Ich nahm die erste Straßenbahn, die mich zu einer Haltestelle in der Nähe des Waldes bringen würde, ohne genau auf die Nummer zu achten, und ich beschloss, mich überhaupt heute vom Zufall führen zu lassen, ohne Genaues zu planen.

Als ich so in der Bahn saß und gedankenverloren nach draußen schaute, entdeckte ich auf einer Bank eine junge Mutter mit ihrem etwa drei- bis vierjährigen Töchterchen. Sie schienen in ein „Spiel" vertieft, bei dem die Mutter immer „nein", das Kind immer „doch" sagte. Zunächst dachte ich, das Kind wolle irgendeinen Wunsch durchsetzen, dessen Ausführung die Mutter ihm versagte. Dann, nach einiger Zeit, wiederholte aber plötzlich das Kind ganz heiter immer wieder „nein", während die Mutter „doch" sagte. Seltsam, dachte ich, und da begriff ich plötzlich, dass es das Spiel der Polaritäten war, was sie spielten und dass es nur deshalb klappte, weil beide die Spielregeln einer höheren Ebene, nämlich die der Liebe und der Einheit, ohne sie auszusprechen und je ausgesprochen zu haben, beachteten.

Als ich im Wald ankam, schlug ich den Höhenweg ein, der am Waldrand entlang führt. Nach einer Weile überkam mich die Erinnerung, dass ich diesen Weg früher oft mit meinem damaligen Mann, als wir beide noch jung waren, gegangen war. Plötzlich glaubte ich meinen Augen kaum zu trauen. Auf dem Weg, der von links her den Hauptweg kreuzt, kam ein jüngerer Mann daher mit blauen Jeans, einer dunkelroten Jacke und längerem schwarzen Haar. Ich glaubte mich in einer Parallelwirklichkeit. Dieser Mann sah ganz genau so aus wie mein Mann früher ausgesehen hatte. Freilich sah ich ihn nur von der Seite, aber ich war so gefesselt von der Gestalt, dass ich dem Mann, der von mir aus gesehen rechts einbog, folgte, um ihn aus der Nähe zu betrachten. Wie verabredet, hielt er ein und machte an einem Gerät des Waldfitnessweges ein paar Übungen. Als ich sein Gesicht von nahem anschaute, bemerkte ich, dass er, trotz der ähnlichen Frisur und des Bartes, anders aussah als mein Mann früher. Aber das war nun nicht mehr von Bedeutung, denn ich hatte begriffen: Erinnerung kann zum Leben erwachen und das Herz lebt dort, wo es liebte.

Ich spazierte weiter und beschloss schließlich, durch den Wildpark zu gehen, wo sonntags auch immer viele Familien mit ihren Kindern entlanglaufen. Ein kleines, vielleicht zwei- dreijähriges Mädchen lief seinen Eltern, neugierig auf das Kommende, voraus, einen für das Kind recht steilen Weg hinunter. Besorgt rief die Mutter: „Josefine, nicht so schnell. Bleib doch stehen!" Ich schaute mich erstaunt um, denn ich selbst heiße Josefine. Ja dachte ich, so läufst du auch oft in Gedanken dem Tag voraus und bemerkst nicht, dass die Antwort im Jetzt liegt.

Als ich ermüdet von meinem Spaziergang heimkam, legte ich mich eine Weile aufs Bett und schaute durchs Fenster den hellblauen Winterhimmel an. Einige weiße Wolken zogen verspielt am Horizont entlang. Ich liebe es, dem Licht in seinen beständigen Wandlungen zuzuschauen. Nimmermüde verändert sich der Himmel mit jeder Erscheinung. Von einer Seite war da ein leuchtender gelber Punkt mit flackerndem aufleuchtendem Rot zu sehen, der sich schnell am Himmel entlang bewegte und einen weißlichen, immer stärker verblassenden Strich an den Horizont malte. Ach, dachte ich, das ist nur ein Flugzeug. Ein Komet oder eine Sternschnuppe würde in einer senkrechten sehr schnellen Bewegung einen Gang nach unten bezeichnen. Und da, o Wunder, in demselben Augenblick, ich hatte es kaum gedacht, fuhr blitzschnell ein helles Licht senkrecht von oben nach unten durch den Himmel. Ich hatte es gesehen.

Ja. Es war da. Das Wunderbare ist immer da.

Die Blume in Gottes Garten

Lieber Bruder, liebe Schwester, lass mich dir ein Gleichnis erzählen, ein Gleichnis vom himmlischen Menschen, der du werden sollst und immer schon bist.

Wenn dieser himmlische Mensch in dir ersteht, beginnst du auf eine wunderbare Weise zu leuchten. Als erstes erblüht aus dem Grund deines Seins die glutrote geheimnisvolle Blüte, welche süßer ist als Honig und würziger als Wein. Sie birgt den Schatz deiner gesamten Seelenerfahrung, aus den vielen Wanderungen auf der Erde und den anderen Planeten unseres Universums.

Schon bald drängt nun die schöpferische Kraft des Himmels und der Erde zu einer weiteren Manifestation: in orangefarbener Pracht erglüht die zweite Blüte. Sie erfreut sich in zunehmender Zeugungslust ihres Daseins und möchte deine Welt durch diese bereichern und dich zu einem glücklichen Menschen machen.

Die dritte Blüte entzündet sich hell in leuchtendem Gelb wie das Feuer der Sonne. Als eine solche in die Mitte deines Leibes gesetzt, durchwärmt sie dein Dasein und stärkt deine Liebe zum Leben. Negative Gefühle und Stimmungen drücken auf ihr Wachstum, sowie Freude als wahre Nahrung sie zu voller Kraft und Ausdehnung gedeihen lässt.

Das himmlische Zentrum aber bildet die vierte Blüte: Sie ist von großer Zartheit. Ihr Inneres leuchtet in einem hellen, hoffnungsvollen Grün, während ein heller rosa Rand den Blütenkelch einfasst und zarte Adern ihn durchpulsen und die Verbindung zu den anderen Blüten herstellen. Jeder Ton einer tiefen seelischen Empfindung findet in diesem himmlischen Herzen seinen Widerhall, aber besonders die Liebe lässt die wundersame Blüte zu einem göttlichen Kelch der Weisheit aufleuchten.

Ist diese Blüte voll erblüht, findest du leicht Kontakt zu allen deinen Brüdern und Schwestern, so dass schon die fünfte, hellblau glitzernde Pracht nachdrängt und sich ins Licht gebiert. Die Liebe zu deinen Mitgeschwistern möchte sich nun auch im Wohllaut deiner Sprache Ausdruck verleihen und mit ihnen auf schöne Weise kommunizieren, so wie Gottes Lob und die Freude an seiner Schöpfung in deinem Lied erschallen möchten.

Die sechste Blüte erstrahlt in einem unendlich tiefen Indigoblau. Sie fällt besonders durch ihre Form ins Auge, denn sie erscheint wie das Auge Gottes. Hat sich dieses erst geöffnet, wirst du in allem Schönheit, himmlische Ordnung und Harmonie schauen und dein Denken wird gespeist aus der Quelle der göttlichen Inspiration. Dem Irdischen bist du schon fast entwachsen.

Die siebte Blüte bildet die Krone dieser herrlichen Schöpfung: lila ist ihre Farbe, und sie schickt silberne und goldene Strahlen hinaus in die Welt, um von der Großartigkeit deiner Vollendung auf Erden zu zeugen.

So erstrahlst du nun, neuer sich selbst bewusster Mensch und lieblichste Blume im Garten Gottes, in den prächtigsten Farben des Regenbogens und bildest, gleich ihm, eine herrliche Brücke zwischen Himmel und Erde.

O schau nur, lieber Bruder, liebe Schwester, das bist du, in deiner ganzen Schönheit und in deinem ganzen Glanz!

Die Entscheidung

Eine Mutter kam zu einem weisen alten Mann und beklagte sich, dass sie über ihre heranwachsende Tochter gar keine Gewalt mehr habe. Diese wolle alles nach ihrem eigenen Gutdünken tun, höre nicht mehr auf sie und entgleite ihr mehr und mehr.

Der Weise schaute die Mutter lange an. Er machte ein nachdenkliches Gesicht und schwieg eine ganze Weile. Dann sagte er zu der Frau: „Liebe Tochter, ich möchte dir gern eine kleine Geschichte erzählen. Bist du einverstanden?" Die Frau stimmte zu und der Alte begann zu erzählen:

„Es war einmal ein Mädchen. Das liebte seine Großmutter sehr, denn diese konnte immer so gut zuhören und hatte für alles Verständnis. Stets war sie bemüht, die Herzen der Menschen miteinander in Einklang zu bringen, und so folgte man gern ihrem Rat. Nun verstarb diese Großmutter früh, als das Mädchen noch recht jung war. Es behielt aber in seinem Herzen das lebendige Bild seiner Großmutter und schwor sich, wenn es einmal selbst Kinder hätte, diesen auch solche klugen Ratschläge zu erteilen. Das Mädchen wuchs zu einer jungen Frau heran, die ihre Erfahrung gern weitergeben wollte, und bald schenkte auch sie einem Töchterchen das Leben. Die Seele der Großmutter aber war eine alte Seele, und sie hatte beschlossen als Tochter ihrer früheren Enkelin wieder auf die Erde zu kommen, um dieser nun jungen Frau weiterhin zur Seite zu stehen. Das so geborene Kind wuchs schnell heran, und seine Mutter setzte alles daran, es anzuleiten und gut zu erziehen, damit es im Leben seinen Platz finde und sich behaupten könne. Das Kind aber, besonders als es in ein gewisses Alter kam, schien alles besser zu kennen und zu wissen, und so fügte es sich nur schwer in die gut gemeinten Ratschläge seiner Mutter, sondern wollte seinen eigenen Weg gehen.

Wer sollte hier von wem lernen", fuhr der Weise nach einer kurzen Pause fort, „das Kind von der Mutter, die Mutter von der Großmutter? Was meinst du?" Die Frau schaute den Alten verblüfft an. Sie sagte nichts.

„Siehst du", gab dieser nun zu verstehen, „so ist das mit der Seele. Sie nimmt bereitwillig eine Lebensrolle an wie du dir ein schönes Kleid anziehst und ist gespannt, wie die Welt sie aufnimmt und welche Erfahrungen sie darin machen kann. Schau deshalb dein Kind immer mit den Augen des Herzens an. Es ist nicht dein Eigentum, sondern eine Seele, die dir das Geschenk ihrer Anwesenheit und die Freude machen möchte, sie eine Weile begleiten zu dürfen. Und wer nun immer und wo immer von wem lernen kann, das entscheide selbst.

Die himmlischen Werkzeuge

Es ist Anna etwas Wunderbares widerfahren. Ich will euch erzählen, was da geschah.

Anna befindet sich irgendwo draußen in offener Landschaft. Es ist früh am Morgen, und die Sonne geht langsam auf. Der Horizont beginnt sich rot zu färben, und wunderbar-prächtig wie in einem goldenen Wagen steigt das Königsgestirn langsam hoch auf seine Erdenbahn. Ein intensiver Glanz, erst rot, dann leuchtendes Orange-Gelb, erstrahlt die Sonne wie eine Krone über dem Horizont. Wie Anna diesem herrlichen Schauspiel der Schöpfung zusieht, bemerkt sie zu ihrem großen Erstaunen, dass sich plötzlich eine Scheibe von der Sonne ablöst, ein Doppel des hellen Gestirns bildend, und sich in die Horizontale dreht. Einer Fliegenden Untertasse gleich bewegt sich dieses Gefährt sehr schnell im Raum. Ein UFO, das nun endlich viele Menschen sehen können, schießt es Anna erfreut durch den Kopf. So werden sie nicht mehr an der Realität kosmischen Lebens zweifeln.

Das UFO kommt inzwischen auf Anna zu und steigt auf Augenhöhe herab, so dass sie in sein Inneres hineinsehen kann. Sie kann aber keine Menschen oder außerirdische Wesen darin entdecken. Gleich darauf kommen viele Kinder herbeigelaufen. Das UFO ist inzwischen zu einer Art kleinem Fallschirm zusammengeschrumpft, der eine Kiste mit allen möglichen Gegenständen enthält, bunte Plastikbälle und Werkzeuge aller Art, die Anna aber noch nicht recht zu definieren weiß. Die Kinder rennen herbei und machen sich über diese Objekte zu schaffen. Anna erzählt ihnen, was passiert ist. Da schauen die Kinder sie ungläubig lächelnd, ein bisschen wie verlegen, an. Anna merkt, dass sie sie für verrückt halten.

Später versucht sie noch anderen von ihrem Erlebnis zu erzählen. Sie spricht inzwischen von ihrem „wunderbaren Traum", so als hätte sie das alles nicht als schaubare Wirklichkeit, sondern als Traumdasein erlebt. Anna erzählt auch nicht jedem davon. Aber meine Freundin, denkt sie, bei der ich mich immer wie zu Hause fühle, die wird es doch verstehen. Als sie zu ihrer Freundin kommt, ist diese so mit sich selbst beschäftigt, dass sie Anna gar nicht richtig hört. Sie spricht ununterbrochen über ihre Probleme und Anna hört zu. Sie versucht ihrer Freundin Ratschläge zu geben. Von Annas „Traum" ist nicht mehr die Rede.

Anna entschließt sich, einem Literaturforscher ihr Geheimnis zu entdecken. Er ist mit den Realitäten vieler Texte bekannt, denkt sie, er wird auch diese Wirklichkeit verstehen. Aber der Wissenschaftler ist in den Deutungen seiner Texte vertieft und hat keine Zeit Anna anzuhören.

Schließlich geht sie in eine große Schule. Sie hat die Kiste mit den Werkzeugen dabei und möchte sie den Schülern vorführen. Auf dem Schulhof ist viel Trubel. Anna stellt die Kiste ab. Lärmende Kinder rennen hin und her, so dass es Anna schwer fällt, einen klaren Gedanken zu fassen. Es ist so ein großes Gewimmel und so viel Lärm um sie herum, dass sie endlich beschließt heimzugehen.

Auf dem Weg nach Hause fällt ihr plötzlich die Kiste mit den Werkzeugen wieder ein. Sie hat sie auf dem Schulhof vergessen. Anna ist bestürzt. Intuitiv weiß sie, die Werkzeuge hat nun der Hausmeister in Beschlag genommen. Dabei wollte sie sich doch alle genau ansehen, um zu prüfen, was sie Schönes hätte bauen können mit den ihr so himmlisch zugefallenen Geschenken.

Manchen Menschen der Neuen Zeit ergeht es wie Anna. Sie erinnern sich erst wieder auf dem Heimweg, wenn sie den herrlichen Planet Erde schon wieder verlassen, der himmlischen Werkzeuge ihres kosmischen Bewusstseins. Im Lieben eurer Seele sind alle Fertigkeiten und Fähigkeiten, die ihr aus vielen Leben auf die Erde mitbringt, vorhanden. Ihr könnt sie nach und nach aktivieren und so euer Mit-Schöpfertum entwickeln. Lasst euch nicht verunsichern durch die „kindlichen Bewusstsein", die solche Realitäten noch nicht erfahren haben oder durch die Zerstreuungen des Alltäglichen und das Lärmen der Welt. Sind erst die Sinne eures Herzens geschärft, so werdet ihr so manche „Werkzeuge" und ihre Weise der Anwendung wiedererkennen. Zusammen mit euren neu erworbenen Fähigkeiten werden sie euch dienen all das zu erschaffen, was ihr euch schon so lange vorgenommen habt und was ihr zur Erfüllung eurer Lebensaufgabe braucht.

Der kostbare Schatz

In einem fernen Land wurde vor langer Zeit ein junger Prinz geboren. Alle freuten sich über seine Geburt und brachten dem Kind Geschenke, ein jeder nach seinem Vermögen. Diese Geschenke aber waren gute Wünsche für das Leben des kleinen Knaben, die sich auf die eine oder andere Weise realisieren sollten. Zum Schluss trat eine gute Fee aus einem hoch entwickelten Lichtland an die Wiege und wünschte, dieser Knabe solle den kostbarsten Schatz aufspüren und bergen, der den Menschen gegeben würde und mit dem er auch andere reich und glücklich machen könnte, wenn er verstünde, ihn weise auszuteilen.

Die Eltern hatten dieses ihnen als Unterpfand für ein gutes Schicksal geltende Wort der Fee gut in ihrem Herzen gehütet und sie taten alles in der Erziehung des Knaben, um alle seine körperlichen und geistigen Fähigkeiten zu einem guten Schatzsucher auszubilden. So wuchs der Knabe heran und lernte schon früh, dass eine ganz besondere Aufgabe ihn erwartete und dass seine Eltern große Hoffnungen in ihn setzten. Er studierte die Geologie und besonders die Formation von Böden, die magnetische Ausstrahlung von Flächen und die Instrumente und Werkzeuge, mit denen man Schätze aus dem Innern der Erde hervorholen konnte.

Der junge Mann fing an, die Böden auf den Schatz hin zu durchforsten. Aber wo er auch grub, er fand nichts, das ihm ein besonders kostbares Gut zu schein schien. Die ersten Tage war er noch voller Hoffnung, dass es ihm irgendwann gelingen würde, diesen großen Schatz zu finden, aber nach und nach wurde er immer mutloser. Und mit dem Mut sank auch seine Kraft, und Verzweiflung stieg in ihm hoch, dass er seine große Lebensaufgabe verpassen könnte. So fing er an, andere zu befragen, die ihm auf diesem Gebiet Kompetenz zu haben schienen. Der eine gab ihm diesen Rat, der andere jenen, und der junge Mann in seinem Zweifel an sich selbst grub hier und dort, aber er fand keinen Schatz.

Endlich traf er auf eine alte Frau und, ohne große Hoffnung - denn die Frau sah eher unscheinbar und nicht wie jemand aus, dem man großes Wissen zutraute - befragte er schließlich auch diese, ob sie etwas von dem kostbarsten Schatz wisse, den er finden solle. Die Alte schaute ihm tief in die Augen und lächelte hintergründig. „Nun", meinte sie, „wenn du zu mir in die Lehre kommen willst und brav alle Arbeiten verrichtest, die ich dir auftrage, so kann ich dir vielleicht den Weg weisen, wie du zu deinem Schatz gelangen sollst." Der junge Mann blieb zunächst misstrauisch, denn von einem besonderen Weg hatte er nichts gehört. Aber da er nun einmal nicht weiter wusste, ließ er sich auf den Handel ein.

So trat er bei der Alten in Dienst. Zu seiner Verwunderung lernte er aber nichts über Böden und deren Beschaffenheit oder über Grabungswerkzeuge, sondern die Arbeiten der Alten schienen sein Herz zu öffnen und förderten dessen Gefühle und verborgene Gedanken an den Tag. Und so lernte der junge Mann mehr und mehr sich selbst und sein Inneres zu erkennen. Er legte Schicht um Schicht in seinem Herzen frei, und er fand nicht nur Goldadern, das könnt ihr mir glauben! Aber er trug alles Hinderliche geduldig ab. Und, als er viele Jahre mit Ausdauer und ohne Murren gearbeitet hatte, stieß er schließlich auf den Schatz:

Er erkannte das Licht seiner Seele und die tiefe Weisheit, die in ihr verborgen lag. Da wusste er, dass er seinen kostbarsten Schatz gefunden hatte und dass dieser im Innern eines jeden Menschen liegt. Und er fing an, davon auszuteilen, aber nur an diejenigen, die bereit waren ihr Herz zu öffnen und ihr Lieben zu vervollkommnen. Bei diesen fielen die Worte der Weisheit auf fruchtbaren Boden. Und er wusste, eines Tages, wenn sie ganz durch sich selbst hindurch gegangen waren, würden auch sie ihren kostbarsten Schatz erkennen.

Die Wahrheit des Traums

Es war einmal ein junger, sehr liebevoller und leutseliger Bursche, der im Elsass in Krautergersheim beheimatet war. Es ist dies ein kleiner, unscheinbarer Flecken, wo man früher Sauerkraut herstellte, eine der Leib- und Magenspeisen der Elsässer. Der Bursche, Wilhelm war sein Name, hatte eines Nachts einen wundersamen Traum: Es träumte ihm, er solle zum Odilienberg pilgern, dort die Augen mit dem Wasser der heiligen Quelle waschen und er werde so seine Braut, ein wunderschönes Mädchen mit goldbraunem Haar und einem sehr gütigen Herzen, kennenlernen.

Wilhelm glaubte an die Träume, und so machte er sich auf den Weg zur Quelle der Heiligen Odilia. Es war ein langer, beschwerlicher Weg durch dichte Wälder der Vogesen, durch Lichtungen, auf welchen weinrot das Erika blühte und vorbei an einigen einsamen Gehöften, die verstreut in der stillen Landschaft lagen. So wanderte Wilhelm geraume Zeit dahin, bevor er endlich den Odilienberg erreichte und an die besagte Quelle gelangte. Hoffnungsfroh ließ er sich an dem kühlen Wasser nieder und wusch seine Augen. Dann spähte er in die Umgebung, aber er gewahrte nichts Besonderes. Ein wenig enttäuscht, seine Braut nicht gefunden zu haben, suchte er schließlich eine Herberge auf und dachte, ich will es morgen noch einmal versuchen. Aber auch am nächsten Tag geschah nichts Außergewöhnliches. Noch viele Tage kam er wieder, weil er einfach nicht glauben konnte, dass sein Traum ihn so getäuscht haben sollte.

Endlich wurde der Wächter, der an der Pilgerstätte seinen Dienst versah, auf ihn aufmerksam und er beschloss, den jungen Mann anzusprechen. Er fragte ihn: „Was machst du hier jeden Tag? Warum kommst du immer wieder hierher und warum wäschst du deine Augen immer erneut mit dem Wasser der Odilienquelle, hast du Augenprobleme?" „Nein", sagte der junge Mann, das ist es wohl gerade nicht", und er erzählte ihm von dem Traum, dass er seine Braut durch eine Pilgerreise zur Odilienquelle finden werde.

Der Wächter staunte, dass jemand wegen eines Traumes eine strapaziöse, entbehrungsreiche Reise auf sich genommen hatte und so beharrliche Versuche unternahm, auf diese Weise hier seine Braut zu finden. Er lachte ihn aus: „Meinst du, hier spazieren die hübschen Mädchen in Massen herum? Es kommt nur ganz selten mal ein gottgläubiges Kind vorbei, um die heilige Odilia um Beistand für dies oder jenes kleine Problem zu bitten. Träume sind Schäume. Du bist gerade so ein Träumer wie meine Nichte Marie. Die sitzt dort in ihrem kleinen Dörfchen mit Namen Krautergersheim und vertut ihre Zeit mit Warten auf einen ihr geweissagten Bräutigam." Alle Verehrer hätte sie ausgeschlagen, weil ihr in einem Traum prophezeit worden sei, die heilige Odilia würde ihr den einen zuführen, und dieser sei ihr wahrer Bräutigam und sonst keiner.

Wilhelm schwieg betroffen, er schien sich an etwas zu erinnern, etwas, das er lange vergessen hatte. Er sagte nichts und machte sich umgehend auf den Heimweg nach Krautergersheim. Als er in sein Heimatdörfchen zurückgekehrt war, suchte er sogleich das etwas abseits gelegene Haus seiner alten Freundin aus Kindertagen auf. Hier lebte die schöne Marie mit dem goldbraunen Haar, die er schon so lange kannte, aber niemals wirklich in all ihrer Schönheit und Güte gesehen hatte. Erst nun, da ihm die heilige Odilia die Augen des Herzens geöffnet hatte, erkannte er sie als seine ihm bestimmte Braut und führte sie glücklich und stolz in sein Vaterhaus.

Der richtige Ehemann

Ich will euch eine Geschichte erzählen, von der ich vor einiger Zeit hörte. Sie scheint auf den ersten Blick nicht sehr spektakulär, aber ich denke, sie kann uns etwas zeigen bezüglich der Werte einer Gesellschaft und ihrer Weiterentwicklung.

Es war im 16. Jahrhundert zur Zeit der Gegenreformation, als die religiöse und politische Unruhe im Land besonders groß war. Ein jüngerer Bauer, mit Namen Martin Stein, dem seine Familie offenbar nicht sehr ans Herz gewachsen war, hatte seine Ehefrau Maria und ihr gemeinsames Kind verlassen und war in den Krieg gezogen. Nun wartete die arme Frau in dem kleinen Dorf täglich, dass ihr Mann vielleicht wiederkäme und sich seiner Verantwortung für sie und das Kind stelle. Sie lebte bescheiden, arbeitete hart und hatte keinerlei Freuden, die ihr das Leben etwas versüßt hätten. Aber sie beklagte sich nie, und so wurde sie von den Nachbarn und Verwandten geduldet und auch halbwegs geachtet.

Es waren wohl an die sieben Jahre vergangen, da kam eines Tages ein Mann ins Dorf, in dem wohl einige den besagten Martin zu erkennen glaubten. Auch gab sich der Neuankömmling als eben dieser Martin zu erkennen, begrüßte Nachbarn und Verwandte als alte Bekannte und rief immer wieder: „Erkennst du mich nicht mehr? Ich bin Martin Stein. Ich bin zurückgekehrt". Dem neunjährigen Buben Martins winkte er freundlich zu und forderte ihn auf: „Komm an meine Brust, ich bin dein Vater!". Zuletzt kam er zu Martins Frau, welche durch das Geschrei der Zusammengelaufenen aufmerksam geworden war und aus dem Haus gestürzt kam. Mit seltsam fragendem Blick schaute die scheue Frau den auf sie Zuschreitenden an. Dessen Verhalten aber ließ keine Unsicherheit aufkommen. Er stürzte zu ihr hin, sah ihr liebevoll in die Augen und strich ihr übers Haar. „Ich bin endlich wiedergekommen. Nun bleibe ich bei euch, für immer". Die Frau kniete schließlich vor ihm nieder und umklammerte ihn heftig. Alle freuten sich des unverhofften Glücks und keiner hegte einen Zweifel daran, dass dies wirklich der vor vielen Jahren Fortgegangene war.

Und so lebten sie fort miteinander. Die beiden Eheleute verstanden sich besser denn je, überhaupt schien Martin in der Fremde viel dazugelernt zu haben. Nicht nur, dass er jetzt des Lesens und Schreibens kundig war, was unter der armen Landbevölkerung eher ungewöhnlich war, nein, er hatte auch an Verständnis sehr zugenommen und verhielt sich zu allen freundlich und aufmerksam. Er liebte seine kleine Familie und unterrichtete sogar Maria darin, ihren Namen mit feinen, säuberlichen Buchstaben auf Papier zu schreiben. Er arbeitete fleißig, um die Güter der armen Familie zu mehren und seine Frau, seinen Sohn und das inzwischen geborene Töchterchen gut zu versorgen.

Eines Tages ging er zu seinem Onkel, der in seiner Abwesenheit seine Felder bewirtschaftet hatte und bat ihn um den Ertrag des bearbeiteten Landes. Dies war dem Onkel natürlich nicht sehr willkommen und so kamen ihm zwei Vagabunden, die vor ein paar Tagen ins Dorf gekommen waren, gerade recht. Diese behaupteten nämlich, der besagte Martin sei überhaupt nicht Martin Stein, sondern ein so genannter Franz List, der vor vielen Jahren in ihrem Dorf gelebt hätte und dann in den Krieg eingezogen worden sei. Den wahren Martin Stein würden sie auch kennen. Den hätten sie auf dem Schlachtfeld getroffen. Der hätte ein Bein verloren im Krieg. Der Franz aber sei sein Freund gewesen und nun hätte er sich offenbar für diesen ausgegeben, um sich in ein gemachtes Nest zu setzen. Der Onkel bemerkte nun, das Ganze sei ihm schon immer eigenartig vorgekommen.

Auch andere Dorfbewohner fanden sich, welche die Identität des neu angekommenen Martin bezweifelten. Sie wollten schon länger gewusst haben, dass dieser hier nicht der rechtmäßige Ehemann der Maria Stein sein könne, denn der Martin sei grob gewesen zu seiner Frau und auf seinen Sohn habe er auch nichts gegeben. Aber sie hätten nichts gesagt, da ja die Ehefrau auch geschwiegen habe. Der Schuster habe sogar bemerkt, dass die Füße des neuen Martin um mehrere Zentimeter kleiner seien als die des echten.

Der Onkel brachte die Sache vor den Kadi, und es wurden alle als Zeugen gehört. Aber die Aussagen widersprachen sich heftig, so dass die Sachlage unklar blieb. Der Richter lenkte schließlich sein ganzes Augenmerk auf die Maria, da diese doch schließlich wissen müsse, ob es sich um ihren Mann handele oder nicht. Nun muss hinzugefügt werden, dass es in dem Prozess um das Leben des Mannes ging und dieser alles daransetzen musste, den Prozess zu gewinnen, wenn ihm sein Leben lieb war. Er bewies mit den allerintimsten Einzelheiten aus der Brautzeit der Eheleute, dass er der Richtige sein musste. Zudem bezeugte Maria die Echtheit des Ehemannes.

Aber der Onkel konnte außer den beiden Vagabunden als Zeugen auch ein Dokument aufweisen, auf welchem alle, die den Besagten der bewussten Täuschung verdächtigten, durch ihr Kreuz Unterschrift geleistet hatten. Er behauptete, dass auch Maria auf diese Weise unterschrieben habe. Unserem Mann gelang es, auch diese offenbare Lüge des Onkels sogleich zu entkräften, denn es wurde unversehens bewiesen, dass Maria mit ihrem eigenen Namen unterschreiben konnte und kein Kreuz als Unterschrift zu machen brauchte. Schließlich wurde unser Martin freigesprochen und die Eheleute genossen ihr erneut errungenes Glück.

Aber der Zweifel war nun einmal ausgesät, und der Onkel, der zu zahlen verurteilt war, gab mit seinen Verdächtigungen keine Ruhe, bis die Sache mit dem Hinweis auf neue Erkenntnisse zum zweiten Mal dem Richter vorgetragen wurde.

Man drohte auch Maria, wenn sie nicht die Wahrheit sage, ihr den Prozess zu machen, so dass auch diese um ihr Leben zittern musste. Wieder war es dem Mann fast gelungen, das Gericht von seiner Unschuld zu überzeugen, als der Kläger plötzlich, zum Ende des Prozesses, einen neuen Zeugen herbeibrachte. Es kam ein Mann herein, der unserem Martin sehr ähnlich sah, dem aber ein Bein fehlte.

Dieser behauptete nun, er heiße Martin Stein und der andere sei sein früherer Freund aus dem Krieg, der Franz List heiße. Letzterer bestritt heftig, den angeblichen Martin zu kennen, ja ihn je gesehen zu haben und verdächtigte erneut den Onkel, er habe auch diesen Mann mit Geld bestochen, um ihn und seine Familie um den Verdienst aus seinem Land zu bringen.

Die beiden Martins, der echte und der falsche, beschuldigten sich gegenseitig des Betrugs. Der Martin, der als Zeuge geladen worden war, erklärte, dass er dem anderen so manche Einzelheit aus seinem früheren Leben anvertraut habe. In dem Wortgefecht entfuhr es schließlich diesem: „Du lügst, ich habe dir das alles erzählt". Damit hatte sich der falsche Martin selbst der Lüge überführt, denn zuvor hatte er behauptet, er habe den anderen noch nie in seinem Leben gesehen.

Also wurde Maria erneut herbeizitiert. Sie zitterte am ganzen Leibe. Sie schaute dem falschen Martin, der doch ihr eigentlicher Ehemann gewesen war, angstvoll in die Augen und las darin, dass sie die Wahrheit sagen solle, um ihr Leben zu retten. So kam es, dass Franz List, der alles gestanden und alle Beteiligten um Vergebung gebeten hatte, gehängt wurde, während Martin in sein Haus zurückkehrte und seine Frau und die Kinder weiter malträtierte, wie er es schon früher getan hatte.

Nun, ihr zuckt die Schultern und fragt euch, was diese Geschichte uns heute noch soll. Sind nicht die Zeiten längst vorüber, in denen einer für seine Liebe zu einer fremden Frau gehängt wird? Sicher, in einem Land, dessen Kultur durch einen Nietzsche und seine Umwertung aller Werte oder durch den „Augsburger Kreidekreis" eines Bertold Brecht mitgeprägt wurde, mag dies der Fall sein, aber was ist mit den Ländern, in denen auch heute noch Frau und Familie als Privateigentum des Mannes betrachtet werden?

Und Hand aufs Herz, fragt sich nicht auch hier manche Ehefrau, ob ihr Mann tatsächlich ihr eigentlicher Ehemann ist? Das kann nur das Herz entscheiden. Ein sich der Liebe bewusstes Herz ist den geltenden Moralvorstellungen einer im Zeitlichen verhafteten Gesellschaftsform um ein Vielfaches überlegen. Also bedarf es der Herausbildung einer neuen Ethik und der allgemeinen Bereitschaft, deren Herausforderungen anzunehmen, denn auch in der Weise des Liebens, und gerade hier, gibt es eine Evolution, eine Evolution, die uns alle betrifft.

So wollen wir es also nicht bei dem unbefriedigenden Schluss der Geschichte belassen. Nehmen wir sie uns erneut an der Stelle vor, als der Richter sein endgültiges Urteil verkündet. Dieses Mal handelt es sich um einen sehr weisen Richter, der seiner Zeit weit voraus ist. Deshalb entschied er Folgendes:

1. Der Onkel darf den Gewinn aus der Bewirtschaftung der Felder als Lohn für seine Arbeit behalten. Damit ist das Geld als Zankapfel aus der Sache herausgenommen. Allerdings wird an die Mildtätigkeit des Onkels appelliert im Hinblick auf seinen Großneffen und seine Großnichte.

Die Felder werden als rechtmäßiges Eigentum der Maria und ihren Kindern zugeschrieben.

2. Maria darf selbst bestimmen, mit welchem Mann sie zukünftig leben möchte. Sie soll zum Wohl der Kinder und zu ihrem eigenen Wohl entscheiden. Also könnt ihr euch denken, wen sie wählte. Infolgedessen wird ihre Ehe mit Martin Stein aufgehoben, so dass sie Franz ehelichen kann, falls beide einverstanden sind.

3. Für Martin wird angeordnet, dass er zukünftig nicht mehr als freiwilliger Kriegsknecht in der Welt umherziehen soll, sondern dass er mit den Folgen des Krieges und seinen Handlungen unmittelbar konfrontiert wird, indem er in einem Waisenhaus arbeitet. Eine öffentliche Stelle in solch einem Haus wird ihm zuerkannt. So lernt er Verantwortung für seine Handlungen zu übernehmen und eine Beziehung zu Kindern aufzubauen.

4. Franz List wird angehalten, sich in Zukunft an die Wahrheit der Geschehnisse zu halten. Er soll nun authentisch unter seinem eigenen Namen leben und sich den Respekt der Nachbarn und des gesamten Dorfes verdienen. Ferner wird er angehalten weiterhin für Maria und die Kinder gut zu sorgen und ihnen eine gute Ausbildung zu ermöglichen. Darüber hinaus scheint dem weisen Richter das „freiwillige Joch der Ehe" Strafe genug.

Kunst und Leben

Es trafen sich einst zwei junge Männer, die in ihrer Kindheit sehr gute Freunde gewesen waren. Aber als die Schulzeit vorüber war, trennten sich ihre Lebenswege. Der eine ging an eine bekannte Universität und studierte dort Biologie, der andere schlug, da er viel Talent zur Malerei und eine eher intuitive Auffassungsgabe besaß, eine Künstlerlaufbahn ein. Eines Tages kreuzten sich wie zufällig ihre Wege und sie freuten sich sehr, da sie sich so lange nicht gesehen hatten und es viel zu erzählen gab.

„Du bist also ein Maler geworden", sprach Sebastian, „das hätte ich mir denken können, hast ja schon früher immer gern in der Natur herumgesessen und alles, was dir vor die Augen kam, aufs Papier gebracht."

„Während du durch die Gegend streiftest und jedes Pflänzchen und Tierchen genau analysieren musstest", erwiderte Johannes und beide lachten.

„Kannst du denn von deiner Kunst überhaupt leben und stellt dich ein solches eher ungeregeltes und selbstgenügsames Leben zufrieden?" erkundigte sich Sebastian, während sich seine Augenbrauen zusammenzogen und eine Denkerfalte auf seiner hohen Stirn sichtbar wurde.

Johannes las Zweifel an der Seriosität seiner Tätigkeit aus der Miene des früheren Freundes und fragte ihn lächelnd, ob er denn die Kunst nicht für ein ernsthaftes Geschäft halte.

„Nun ja", antwortete Sebastian zögernd, „wenn ich für eine Umweltorganisation tätig bin in dem Bemühen, die Natur zu erhalten, weiß ich wenigstens, dass ich für die Allgemeinheit arbeite, aber worin besteht der Wert der Kunst für das Leben? Ist sie nicht eher Selbstbefriedigung und Schmuck, auf den man notfalls auch verzichten könnte?"

Johannes, der es vermessen gefunden hätte, Wesen und Sinn der Kunst erklären zu wollen, erzählte seinem Freund stattdessen eine Geschichte, die sich leicht dem Gedächtnis einprägt:

„Vor langer Zeit wohnte in den nördlichen Bergen Japans ein Maler, der sehr einsam und zurückgezogen lebte. Nichts liebte er so sehr wie die Natur und nichts war ihm so heilig wie die Kunst. Deshalb verbrachte er lange Zeit damit, das Leben in allen seinen Ausdrucksformen zu betrachten, seinen Wandel in den unterschiedlichen Jahreszeiten und im Verlauf der Jahre und das, was sich stets gleich darin bleibt und unzerstörbar ist.

Als er älter wurde, versuchte er dies alles in einem einzigen Bild auszudrücken, an dem er viele Jahre arbeitete. Als Gegenstand des Bildes hatte er den Tiger gewählt, der zu dieser Zeit noch in der Gegend heimisch war und den er ob seiner Wildheit und seiner Scheu besonders schätzte. Viele, viele Stunden verbrachte er bei seiner Arbeit, oft ohne einen einzigen Pinselstrich zu tun. In gespannter Haltung saß er vor der Leinwand und konzentrierte sich ganz auf sein inneres Schauen. Er war so sehr mit dem

Wesen dieses edlen Tieres verbunden, dass sich in seiner Seele ein Bild eingestellt hatte, dem er im Äußeren mit seiner Darstellung zu entsprechen strebte, denn er wusste mit aller Bestimmtheit, ja ohne den geringsten Zweifel zu hegen: dies war der Tiger, den er hervorbringen musste, nicht irgendein Tiger, sonder **der** Tiger.

Das Seelenbild aber war kein statisches Bild, das er einfach hätte nachmalen können, sondern es war ein dynamisches Gebilde, eine neue göttliche Schöpfung gleichsam, die alle Attribute des lebenden Tigers in vollendeter Weise in sich vereinigte.

An manchen Tagen erschien der Tiger nicht vor seinem inneren Auge. Dann litt der Maler unsäglich, denn er fühlte sich unendlich leer. Er kam sich klein und gering vor und zweifelte, dass es ihm je gelingen würde, dieses fast übermenschliche Ansinnen auszuführen. An anderen Tagen spürte er die Kraft des Tigers in seinem eigenen Herzen. Dann schaute er klar und deutlich, und sein Geist wurde von seiner Hingabe so sehr beflügelt, dass der Pinsel sicher und geschickt über die Leinwand fuhr und jeder Strich absolut traf.

Immer mehr wuchs der Meister an Ausdauer und Beständigkeit und an Schärfe des Blicks, immer mehr reifte das Bild an Sicherheit des Ausdrucks und an vollendeter Gestaltung.

Als der Maler schließlich in hohem Alter stand, fand ihn sein Diener eines Morgens tot vor seiner Staffelei: Ein

Lächeln breitete sich auf dem durchlichteten Antlitz des Meisters aus, und vor ihm stand der vollendete Tiger, in all seiner Wildheit, in all seiner Schönheit und in all seiner Wahrheit."

Das Juwel

Ein junger Mann, der sich immer bei allem zurückgesetzt fühlte und sehr darunter litt, dass man ihm anscheinend nicht genügend Anerkennung zollte, suchte eines Tages einen alten Meister auf, der im Ruf hoher Weisheit stand.

Er erklärte dem Alten sein Problem und berichtete, dass er sich in der Familie, bei der Arbeit und auch unter Freunden immer zurückgesetzt fühlte und dass keiner ihn wirklich verstünde. Er sei schon bei vielen Psychologen gewesen, aber keiner habe ihm helfen können.

„Das tut mir leid, mein Sohn", sprach der Meister, „aber heute kommst du ungelegen. Ich habe zur Zeit selbst ein Problem, das ich unbedingt lösen muss. Aber vielleicht kannst du mir ja dabei helfen, dann können wir uns später deinen Schwierigkeiten zuwenden?" „Ja gern", antwortete der junge Mann, obwohl er sich schon wieder hinten angesetzt fühlte.

„Ich bin zur Zeit in einer finanziellen Klemme", fuhr der Alte fort, „deshalb muss ich dieses alte Juwel unbedingt verkaufen". Indem er so sprach, zog er aus einer Schatulle einen Anhänger mit einem Edelstein hervor. Das Schmuckstück war ziemlich dunkel angelaufen und sah eher unansehnlich aus. „Versuche doch, zehn Dukaten dafür zu bekommen! Aber darunter darfst du das Teil auf keinen Fall verkaufen."

Der junge Mann ging auf den Markt und bot den Händlern das Schmuckstück feil. Der eine oder andere schaute es sich kurz an, aber immer wenn sie den verlangten Preis hörten, schüttelten sie verständnislos den Kopf oder sie lächelten nur müde. Ein alter Mann, der ein gutes Herz zu haben schien, klärte ihn schließlich auf: „Zehn Dukaten bekommst du dafür auf keinen Fall. Soviel ist das Schmuckstück lange nicht wert. Aber ich gebe dir drei Dukaten und zwei silberne Löffel dafür. Das ist ein guter Preis". Aber da der Junge die Order hatte, nicht unter zehn Dukaten zu verkaufen, lehnte er schließlich ab und kam zu dem Weisen zurück. Er erzählte ihm, was vorgefallen sei und meinte: „Dem alten Mann hätte ich es gern für diesen Preis überlassen, aber ich wollte ihn auf keinen Fall übervorteilen. Man müsste zunächst den wirklichen Wert des Schmuckes kennen."

„Richtig", antwortete der Weise, „da hast du vollkommen Recht. So gehe also zum Juwelier und frage nach dem wirklichen Wert. Aber verkaufe das Schmuckstück auf keinen Fall."

So ging der junge Mann mit dem Anliegen zum Juwelier, der eine Lupe hervorzog und sich das Schmuckstück genau anschaute. Er besah es sich von allen Seiten, putzte mit einem speziellen Tuch das Edelmetall und reinigte mit einem anderen den Stein in der Mitte. „Das ist ein sehr schönes Stück", meinte er schließlich. „Es ist ein altes Schmuckstück mit einem hohen Goldgehalt und einem kostbaren Saphir in der Mitte. Wenn man alles ordentlich reinigt und den Stein noch etwas glatt poliert, kann es an die 150 Dukaten bringen. Wenn du aber das Geld auf der Stelle brauchst, kann ich dir nur 120 Dukaten geben." „150 Dukaten?", rief der junge Mann erstaunt aus und lief mit dieser glücklichen Botschaft schnell zu dem Meister.

„Siehst du", antwortete dieser. Du bist wie dieses Schmuckstück. Deine Seele ist alt und kostbar wie dieser Saphir, und dein Herz wird glänzend und beständig wie Gold, wenn du es von den Schlacken falscher Wünsche und Begehren reinigst. Was läufst du auf den Markt, um deinen wirklichen Wert zu erfahren? Nur ein Fachmann ist in der Lage, diesen zu erkennen. Und dieser Fachmann bist du am Ende selbst." Daraufhin lächelte er den jungen Mann liebevoll an und entließ ihn mit einer herzlichen Umarmung.

Wahrnehmung und Wahrheit – ein Gespräch zwischen zwei Freunden

A: Was erzählst du mir denn da? Von der Existenz in einer anderen Dimension? Wie soll ich diese Dinge glauben? Ich glaube nur an die Realität, an das, was ich sehen kann.

B: Im Gegenteil, du siehst das, was du glaubst.

A: Was sind das wieder für Spitzfindigkeiten?

B: Lassen wir das. Denk einmal nach! Denn die Logik ist doch das Feld, auf dem du dich wohl fühlst, oder?

A: Die Logik ist jedenfalls für mich überzeugender als irgendwelche unbewiesenen Annahmen, wie du sie in den Raum stellst.

B: Gut, du sagst doch, dass du nur glaubst, was du siehst oder?

A: Ja doch, das ist doch das Reale, wirklich Vorhandene.

B: Stell dir vor, du sitzt in einem hell erleuchteten Zimmer: Du siehst die Gegenstände, die Personen, alles sehr genau. O. K. ? Stellst du es dir vor?

A: Ja, und? Worauf willst du hinaus?

B: Jetzt dreht einer plötzlich das Licht aus und alles liegt in völligem Dunkel. Was siehst du?

A: Nichts natürlich. Und?

B: Hat deine Wahrnehmung jetzt Recht? Ist im Zimmer nichts existent, weil du es nicht siehst?

A: Ich sehe nichts, weil es dunkel ist.

B: Eben. Das von dir Wahrgenommene ist mithin nicht identisch mit dem Wahren bzw. wahrhaft Existierenden. Oder? Wahrnehmen heißt schließlich etwas für wahr nehmen, aber ist es deshalb auch schon wahr? Oder kann man das Wahrnehmen vielleicht erweitern, ausdehnen?

A: Ich verstehe nicht, was du mir sagen willst.

B: Mit deinen Augen siehst du in der völligen Dunkelheit nichts. Ähnlich ist es mit der lichteren, höher dimensionalen Welt, für die unsere Sinne noch nicht geschärft sind. Sie scheint uns inexistent. Wie willst du auch mit diesen deinen Sinnen Dinge und Wesen erkennen, die in ihrer Konsistenz nicht der Materialität deiner Augen entsprechen? Das, was subtiler, feinstofflicher ist, bedarf eines feineren Sinnes, um wahrgenommen werden zu können. Du musst deine eigene feinstoffliche Wahrnehmung aktivieren, die Sinne deines ätherischen Herzens, um Feinstoffliches wahrnehmen zu können. Ergo kann die Existenz eines höher dimensionierten Wesens nicht aus der sinnlichen Wahrnehmung heraus erklärt werden. Im Gegenteil, je höher die Energieform oder Schwingungsfrequenz eines Wesens oder eines Dinges ist, desto feinstofflicher, desto „unsichtbarer" wird es für das physische Auge.

A: Seltsam, wenn du es so erklärst, hört es sich einleuchtend an. Ja. Vielleicht hast du recht. Ich würde aber schon einmal gern solch ein feinstoffliches Wesen sehen.

B. Ja, wer nicht? Aber dann sprechen wir einfach von Wundern. Und Wunder geschehen uns und wir brauchen dafür nicht an uns zu arbeiten, oder?

Choreographie der Seele

Meine Seele ist eine leidenschaftliche Tänzerin. Sinnend schreibt sie die Choreographie meines Lebens, und ich bringe ihr Werk auf die Bühne, so gut ich es vermag. Ein Werk, das ich nicht alleine aufführe, sondern in welchem ich mit anderen zusammenwirke. Während des Tanzes staune ich über die künstlerische Gestaltung der Figuren, die bis ins Detail aufs Feinste aufeinander abgestimmt sind. Meine eigene Rolle überschaue ich nicht beim Tanzen, aber so lang ich den intuitiven Bewegungen folge, die aus dem Herzen aufsteigen, ist der Tanz geschmeidig und von innerer Schönheit durchdrungen.

Manchmal halte ich inne und sammle mich, und dann gewährt die Choreographin mir einen verständigen „Blick von oben" auf eine Figur, die wir gemeinsam vollzogen haben. Dann sehe ich die feinen Linien und die Vernetzungspunkte, die mich mit den anderen Tänzern verbinden.

Jede große Figur stellt eine Seite meines Lebens dar. Früher dachte ich, es seien die Seiten eines Buches, zumal mir einmal träumte - an einer jener Bruchstellen, die oft einen neuen Lebensabschnitt einleiten -, ich solle eine Seite meines Lebens „fotokopieren", um sie in das Gesamt integrieren zu können. „Fotokopieren", das meint etwas bewusst verdoppeln, es schauend auf ein Anderes hin erweitern, aber dieses Andere ist in seiner Tiefe und seinem Umfang noch unerkennbar. So wunderte ich mich in meinem Traum, wie lange es braucht, um die Fotokopie herzustellen.

In der heutigen Nacht in solch einem Moment der Sammlung, als wieder einmal mein Sinnen sich in das Sinnen der Seele eingeklinkt hatte, wurde mir ganz plötzlich klar, dass eine „Seite" des Lebens eine ganz neue Dimension bedeutet, die es hinzuzugewinnen gilt. Damals als ich diesen Traum träumte, stand ich an der Schwelle von einem existenziellen zu einem geistigen Menschen. Und immer hatte es die Choreographie bzw. die Regie des Lebens so eingerichtet, dass ich die Figur nicht alleine, nicht selbsttätig tanzte, denn meinem Herzen war die Idee eines Liebes-Tanzes eingegeben. So hielt ich mehr oder weniger unbewusst Ausschau nach einem passenden Partner, der mich bei den Drehungen und Sprüngen halten und auffangen könnte und dessen Strebungen und Ausrichtungen so meinen Bewegungen angepasst wären, dass wir als eine einzige Einheit eine perfekte Figur in einem harmonischen Reigen aufführen würden.

Damals wusste ich nicht, wie viel Übung und Anstrengung es bedarf, diese Art von Leichtigkeit hervorzubringen, die für die Aufführung einer außergewöhnlichen Choreographie so unerlässlich ist.

So traf ich in meiner Jugend auf einen sehr jungen Mann, der, obwohl er sich in Wortgestaltungen übte, noch unerfahren schien in der Führung seiner Tanz-Partnerin. Um uns einander mehr anzugleichen, heirateten wir und führten die Figur „Mann und Frau" auf. Jedoch waren wir vor allen Dingen mit der Einstudierung existenzieller Basis-Übungen beschäftigt, die zur Grundausbildung eines jeden Tänzers gehören. Zur eigentlichen Kür, die uns und andere hätte bezaubern können, kamen wir erst gar nicht. Bei aller Beschränkung und Begrenzung, welcher dieser existenziellen Dimension anhaftet, wurden dennoch Aspekte großer geschwisterlicher und mütterlicher Liebe geweckt, die dem unendlichen Gedächtnis der Seele und den Tiefenschichten des langsam sehender werdenden Herzens angehörten.

Doch das Licht in unseren Herzen strebte nach größerer künstlerischer Gestaltung. Wir dürsteten beide nach neuen Formen des Tanzes, die mit mehr Freiheit der Bewegung und mit größerer Leichtigkeit verbunden wären. Mein Partner suchte diese Freiheit zunächst in der horizontalen Ausweitung der Choreographie, indem er diese physische Seins-Ebene auf alle möglichen Formen hin erkunden wollte. Auch suchte er mittels anderer Kunstformen nach anderen Gestaltungsmöglichkeiten. Ich hingegen strebte nach größerer Intensität, nach Vertiefung der Form und beschritt mehr und mehr den Weg nach Innen, der mich dem inneren Gott, meinem Genius, näherbringen würde.

Es war zu dieser Zeit, als ich von der Fotokopie der neuen geistigen Lebensseite meines Daseins träumte. Mit ihr war der Lehrer dieses geistigen Lebens als Partner auf meiner Tanz- bzw. Lebensbühne erschienen. Er besaß viel Erfahrung und eine große Leichtigkeit in der Führung seiner Tanzpartner und Tanzpartnerinnen. Er zeigte ihnen ihre getanzten Formen in einem großen glänzenden Spiegel, wo sie wie Gestalten einer wunderbaren Dichtung sich und ihm in einem faszinierenden Reigen begegneten. Diese Bilder waren einmalig schön, doch gelang es dem Tanzlehrer nicht wirklich, sie mit dem Grund meines Daseins zu verbinden, so dass schließlich Liebe und Leben auseinandertraten. Die Bewegungen gerieten immer öfter ins Stocken und der schöne Fluss schien durch Brüche gestört.

Existenz und Geist, Lebenstätigkeit und Geisttätigkeit der Seele oder des inneren Lichtes wollten zu neuer und höherer Vereinigung zusammenfinden. Auf Erkennen des mich leitenden Genius aus, trat nun plötzlich ein neuer Tanzpartner auf die Bühne, der sich schon längere Zeit zuvor in einem Traum als „Priester" angekündigt hatte. Ein „Priester" repräsentiert die spirituelle Seite des Daseins und ist mit dem inneren Seelen-Licht verbunden. Im „Priestertum" wird das Leben als Ritus, als eine Art geistigen Nachvollzug einer höheren, ewigen Ordnung begriffen. Ich fing nun an, diese Symbolik des Lebens-Tanzes nicht nur zu erlernen, sondern sie zugleich zu begreifen. Der Sinn des Tanzes und mit ihm alle schon früher gelebten Figuren begannen sich mir nach und nach zu erschließen.

Dadurch ist dem Leben, dem so herrlichen Tanz, eine neue Würde verliehen: Es werden sowohl die Begrenzung der irdischen Gestaltung (1. Figur) als auch die Unendlichkeit der Geistesbewegung (2. Figur) und die Unsterblichkeit bzw. Ewigkeit des inneren Lichtes (3. Figur) als Formen und Seins-Weisen tiefer Liebe Gottes erkannt.

Amseltraum

Gegen Morgen träumte mir Folgendes: Ich liege im Bett bzw. auf einem bequemen Sofa in meiner Wohnung. Ich schlafe noch, als ich plötzlich den lauten Gesang einer Amsel neben mir vernehme. Ich mache die Augen auf.

Die Amsel ist anscheinend durch das offene Fenster hereingeflogen und hat sich auf die Sofalehne direkt neben mich niedergelassen. Es ist eine weibliche Amsel mit braunem Gefieder und einem graubraunen Schnabel. Sie singt sehr schön. Ich höre ihr eine Zeit zu, dann beginne ich mit ihr zu sprechen. Auch die Amsel spricht mit mir, und zwar so, dass ich sie ganz normal verstehe. Ich lobe ihren Gesang und sage ihr noch Manches, aber an den genauen Inhalt des Gesprächs erinnere ich mich nicht.

Dann fällt mir ein, dass ich ihr unbedingt etwas schenken sollte. Ich hole einen hübschen Silberring, den ich früher am kleinen Finger trug, und einen feinen goldenen Kreolen-Ohrring, der ein Einzelstück ist. Ich lasse die Amsel auswählen, was sie möchte. Sie entscheidet sich für den Ohrring, und sie befestigt ihn auch sofort in ihrem Gefieder am Kopf - etwa dahin, wo beim Menschen die rechte Augenbraue ist, und zwar ganz rechts -, so dass es mich an das Piercing mancher jungen Leute am rechten Augenlid erinnert.

Später erzähle ich einem Freund von der sprechenden Amsel und wir lachen ganz vergnügt darüber.

Der Warntraum

Früher hörten die Menschen noch auf ihre Träume, wie man in alten Schriften wie der Bibel lesen kann. So drängte Josef seine Frau Maria mit ihrem kleinen Sohn Jesus zur Flucht nach Ägypten, als ihn im Traum ein Engel geheißen hatte, sofort aufzubrechen, denn die Truppen des Herodes verfolgten sie, um das Jesuskind zu töten. Josef und seine Familie kamen dieser Aufforderung unverzüglich nach.

Auch heute erhalten wir in kritischen Lebenssituationen und Momenten der Todesgefahr noch manchmal warnende Hinweise unserer Seele, aber die meisten Menschen haben den Glauben daran verloren.

So war es wohl auch bei einem jungen Mann der Fall, der sich während des Zweiten Weltkrieges freiwillig gestellt hatte und 1942 als Achtzehnjähriger zur Infanterie an die Ostfront beordert wurde. Er sollte seinen Leichtsinn und seinen Unglauben mit dem Leben büßen.

Es handelte sich bei diesem jungen Menschen um den Onkel einer Freundin. Sie erzählte mir eines Tages diese Geschichte, die sie unendlich zu berühren schien. Sie hat ihren Onkel Franz selbst nicht gekannt, aber ihre Mutter und ihre Großeltern hatten ihn sehr geliebt.

Im Erbe ihrer Mutter hatte sie eine Schachtel mit alten Briefen gefunden, darunter auch die Todesanzeige dieses Onkels zusammen mit einem Begleitbrief seines Vorgesetzten. Die Todesanzeige war ähnlich abgefasst wie es die meisten solcher Benachrichtigungen an die Angehörigen der gefallenen Soldaten waren. Es hieß: „Franz starb am 20. Februar 1942 einen heldenhaften Tod, ausgelöst durch feindliche sowjetische Truppen aus dem Hinterhalt". Der Vorgesetzte, wohl selbst sehr betroffen, schrieb in seinem Brief an die Familie des jungen Mannes Folgendes:

„Franz erzählte uns einige Tage zuvor von einem seltsamen Traum, den er gehabt hatte. Er hatte im Traum seine eigene Todesanzeige mit dem Datum vom 20. Februar 1942 gesehen. Wir lachten alle über diese Gespenstergeschichte und er selbst am meisten. Noch am 20. Februar im Schützengraben rief er spöttisch ‚Ach ja, heut ist ja mein Todestag!' Aus der Deckung aufstehend und nach vorn laufend, hatte er den Satz kaum beendet, als plötzlich ein Schuss fiel. Noch im Fallen schrie er ‚Russen!' Er war sofort tot. Der Schuss hatte ihn mitten ins Herz getroffen."

Der Feind

Vor einiger Zeit hatte ich ein sehr intimes Gespräch mit einer alten Dame. Wir unterhielten uns über alle möglichen Dinge aus ihrer Vergangenheit, wie es oft so geht, wenn man mit alten Menschen spricht, die lange die Gesellschaft eines anderen Menschen vermisst haben.

So kamen wir auch auf den Tod zu sprechen und ich fragte sie, ob sie Angst vor dem Sterben habe. Sie verneinte dies zu meinem Erstaunen. Sie hatte im Zweiten Weltkrieg als Krankenschwester im Lazarett so viele furchtbare Dinge erlebt und gehört, dass sie der Gedanke an den Tod nicht mehr schrecke. Auch habe ihr ein sterbender Soldat, der vor seinem Tod unbedingt noch etwas los werden wollte und sie als seine Vertraute gewählt hatte, eine seltsame Geschichte erzählt, die ihr immer wieder im Kopf herumgehe.

Der Soldat war ein deutscher Leutnant und während der Besetzung Frankreichs mit einem Kameraden auf dem Lande unterwegs, um ein passendes Quartier für seine Truppe zu finden. Er hatte kein Französisch gelernt, während sein Kamerad so viel Französisch sprach, dass er sich mit den Einheimischen unterhalten konnte.

Die Beiden fanden schließlich ein großes, altes Haus, das sie für die Einquartierung näher inspizieren wollten. Während der Kamerad im Erdgeschoss mit den Eigentümern des Hauses sprach wegen etwaiger Vorbereitungen, ging der Leutnant auf den Speicher, wo alle möglichen alten

Dinge herumstanden. Die Bewohner des Hauses hatten wissen lassen - so hatte der Kamerad übersetzt -, es handele sich bloß um alte Dokumente des lang verstorbenen Urgroßvaters.

Der Leutnant fühlte sich von einem Karton wie magisch angezogen. Als er den Karton öffnete, fand er darin alte Fotos und Briefe. Da geschah etwas sehr Merkwürdiges mit ihm. Er erkannte gleichsam sich selbst auf einem dieser alten Fotos. Es war natürlich nicht er, wie er heute aussah, sondern ein Junge in altmodischer Kleidung, wie sie früher üblich gewesen war. Aber er wusste mit hundertprozentiger Sicherheit: das war er in einem früheren Leben. Und wie erstaunte er, als er die Briefe in die Hand nahm und diese plötzlich lesen, das heißt ganz unerwartet Französisch verstehen konnte. Er hielt sich ziemlich lange dort oben auf dem Speicher auf, bis ihn schließlich sein Kamerad von unten rief.

Er ging hinunter wie im Traum, erzählte nichts von seinem Erlebnis, aber zum Erstaunen seines Kameraden und der anderen sprach er plötzlich ganz fließend Französisch mit den Bewohnern des Hauses. Er gab nun einfach den Befehl zum Aufbruch und ließ den Vorsatz der Einquartierung in diesem Hause fallen.

Als er und sein Kamerad wieder draußen auf der Straße waren, schalt ihn dieser wegen seines mangelnden Vertrauens, da er ihm niemals gesagt habe, dass er so gut Französisch sprach. Der Leutnant antwortete nicht darauf, „aber danach", so erzählte er im Sterben der Krankenschwester, „habe ich es niemals mehr fertig gebracht, in meinem Gegenüber auf der anderen Seite des Schützen-grabens meinen Feind zu sehen."

Ödipus - der Mensch

Ihr kennt sicher alle die tragische Geschichte des Ödipus, die man sich im alten Griechenland erzählte, um das Erleiden eines menschlichen Schicksals bis in tiefste Empfindungen hinein anschaulich zu machen.

Laios, dem Vater des Ödipus, wurde durch das delphische Orakel geweissagt, dass, wenn er einen Sohn zeugte, dieser seinen Vater ermorden und seine Mutter heiraten würde. Nach der Geburt eines Knaben ist der thebanische König Laios deshalb voller Angst und in dem Bestreben, dem Schicksal auszuweichen bzw. es zu überlisten, lässt er dem Kind die Knöchel durchbohren und es auf dem Berge Kithairon aussetzen, nicht ahnend, dass gerade diese grausame Tat das Schicksal in Gang setzt. Denn ein Hirte des korinthischen Königs findet den Knaben und bringt ihn dem kinderlosen Königspaar, das ihn an Kindes Statt annimmt und ihn nach dem Zustand seiner Füße Ödipus (= Schwellfuß) nennt.

Der Junge wächst zu einem jungen Mann heran. Um Näheres über sich zu erfahren, befragt er das delphische Orakel und erfährt, dass er seinen Vater töten und seine Mutter heiraten werde. Um der Erfüllung dieses schrecklichen Orakelspruchs zu entgehen, kehrt er nicht mehr zu seinen vermeintlichen Eltern nach Korinth zurück. Auf dem Wege durch Phokis begegnet er an einer engen Weggabelung dem Wagen des Laios, der auf dem Weg nach Delphi ist. Da er dem Wagenlenker nicht schnell genug ausweicht, kommt es zum Streit zwischen den beiden und Ödipus erschlägt im Zorn seinen Vater, ohne diesen gekannt zu haben.

In Theben angekommen, erfährt er, dass eine schreckliche Sphinx die Stadt bedroht und man ihr junge Thebaner opfern muss, so lange man ihr Rätsel nicht löst. Das Rätsel lautet: Was ist das? Es geht am Morgen auf vier, am Mittag auf zwei und am Abend auf drei Beinen. Ödipus erlöst mit der richtigen Antwort „der Mensch" die Stadt von dem Ungetüm: Ist es doch der Mensch, der als Säugling auf allen Vieren kriecht, als Erwachsener auf zwei Beinen und im Alter mit seinem Stock auf drei Beinen geht. Zum Dank für seine Tat erhält Ödipus die Königswürde in Theben und die Hand der verwitweten Königin Iokaste. So heiratet er unbewusst seine Mutter und der zweite Teil des Orakelspruchs geht in Erfüllung.

Aus der Ehe gehen vier Kinder hervor: die beiden Söhne Eteokles und Polyneikes und die beiden Töchter Ismene und Antigone. Als nach langen Jahren in Theben eine Pest ausbricht, schickt man wiederum nach dem delphischen Orakel und erhält den Rat, den Mörder des Laios ausfindig zu machen. Der Seher Teiresias bezeichnet Ödipus als den Schuldigen und die vom König selbst geleitete Untersuchung bringt die schreckliche Wahrheit ans Licht.

Daraufhin sticht sich Ödipus die Augen aus und Iokaste erhängt sich. Die Söhne vertreiben den Vater aus der Stadt und vernichten sich gegenseitig im Kampf um die Königsherrschaft. Der blinde Greis wandert nun, begleitet von seiner Tochter Antigone, als Bettler durch die Lande bis nach Attika, wo er im Hain der Eumeniden zu Kolonos Aufnahme findet und am Ende seiner Tage von der Gottheit entrückt wird.

Welch ein Schicksal! Fast könnte man meinen, es sind gerade die Prophezeiungen, die zu den schrecklichen Verwirrungen und Verfehlungen führen. Aber vielleicht fungieren diese nur als Prüfung des Herzens und in Wahrheit ist es die Angst und die Unbeherrschtheit der Leidenschaften, die zu den falschen bzw. schlechten Handlungen führen. Sowohl Laios als auch Ödipus sind bestrebt, das für ihre Person bzw. ihr Ego günstigste Ergebnis zu erzielen. Um dieses herauszufinden, wenden sie sich ausschließlich nach außen. So bleiben sie in ihren Handlungen unfrei und ihr Bestreben ist nicht auf die Erkenntnis der Wahrheit, der Schönheit und der Güte fokussiert. Zwar erkennt Ödipus in dem Rätsel der Sphinx den Menschen, aber dieses betrifft nur den Menschen in seiner Zeitlichkeit und nicht sein Wesen. Infolgedessen erkennt sich Ödipus auch nicht selbst, wie es die Inschrift des delphischen Orakels fordert.

Ist es nicht bemerkenswert, dass er erst als Blinder, als jemand, der mit dem Blick nach innen gerichtet durch die Welt zieht, Heimat, Ruhe und Anerkennung und Gnade des Gottes findet?

Der Liebesgott und die Seele

Um euch zu zeigen, dass die Antike aber durchaus eine heitere und helle Seite hat, möchte ich euch nun mit einer anderen antiken mythischen Erzählung bekannt machen, welche die Beziehung des Gottes der Liebe und der Seele zum Thema hat. Es handelt sich um das entzückende Märchen „Amor und Psyche" des römischen Dichters Apuleius; ein Mythos, von dem ihr sicher schon einmal gehört habt, denn er hat nicht nur viele nachfolgende Märchen inhaltlich und strukturell beeinflusst, sondern hat auch eine starke Wirkung auf die abendländische Kunst und Literatur ausgeübt.

Besagter Apuleius lebte im 2. Jahrhundert nach Christus als römischer Staatsbürger in der nordafrikanischen Stadt Madaura im heutigen Ostalgerien. Er war ein sehr gebildeter, belesener mehrsprachiger Mann, der wichtige Studienreisen nach Athen und andere Stätten des Geistes unternommen hatte. Er lebte als Dichter, Philosoph, bedeutender Redner und Rhetoriker seiner Zeit und war in mehrere griechische und römisch-hellenistische Mysterienkulte eingeweiht. Zugleich bekleidete er ansehnliche öffentliche Ämter wie z.B. Priester- und Oberpriester-Ämter im staatlichen Äskulap-Kult Karthagos und im Kaiserkult der Provinz Africa.

Der Mythos von „Amor und Psyche", der Erhebung der Seele zu Gott durch die Liebe, stellt eine Erzähleinlage dar in Apuleius' Roman „Metamorphosen" oder „Der goldene Esel". Ich erzähle euch hier - auch um euch auf den Text selbst neugierig zu machen - den Beginn bis zu der bedeutenden Stelle, wo Psyche den Gott mit Augen schaut.

Es war einmal eine überirdisch schöne Königstochter namens Psyche, welche wegen eben dieser Schönheit wie Venus selbst vom Volk verehrt und angebetet wurde. Das erregte den Neid und den Zorn der großen Göttin, denn wie soll ein sterbliches Mädchen die Stelle der „Ahnfrau der Natur" und großen „Weltenmutter" einnehmen? So beauftragte diese ihren Sohn (Amor) Cupido, diese Hybris durch einen Schuss mit einem seiner Liebespfeile zu bestrafen, so dass sich „das junge Ding in verzehrenden Liebesflammen an den gemeinsten Menschen verlieren sollte". Aber der „Verworfene" ist schließlich der lose Bube Amor selbst, der sich beim Anblick Psyches mit seinem eigenen Pfeil durchbohrt und in Liebe zu dem Mädchen entbrennt.

Durch die Eltern auf das Schicksal Psyches hin befragt, antwortet der delphische Apoll sehr zweideutig, der Vater möge die Tochter, die „Todesbraut" auf einem Felsen aussetzen, und er solle sich keinen sterblichen Schwiegersohn erhoffen, sondern ein grausam-wildes Viperngezücht, das durch die Lüfte flattert, jeden Frieden stört und mit Flamme und Stahl alle Geschöpfe zu Fall bringt.[1] Dass es sich dabei um den alles beherrschenden Amor (Eros) handelt, ahnt freilich niemand.

---

[1] Das Motiv bestimmte die spätere Märchensymbolik von *la belle et la bête*

So wird Psyche auf einem einsamen Felsen ausgesetzt, wo sie ihren Gatten, das „Untier" erwartet. Aber es erfolgt wider Erwarten eine Entrückung Psyches durch den Wind Zephir, der sie auf Geheiß Amors vor dessen Palast sanft auf eine Wiese niederlässt.

Nach einem Erquickungsschlaf betritt Psyche den himmlischen Palast Amors und wird hier von Geistern gepflegt und gehegt, die sie aber nicht sehen kann.

Immer des Nachts kommt Amor unsichtbar zu Psyche und vereinigt sich mit ihr in Liebe. So erwartet Psyche bald ein Kind. Da sie ihren Gatten niemals sieht, regt sich in ihr immer drängender der Wunsch, diesen anzuschauen. Bestärkt wird sie darin von ihren beiden neidischen Schwestern, die sie in ihrem Palast besuchen. Sie malen ihr ein Ungeheuer als Gatten aus, wie vom Orakel geweissagt, und raten ihr, ihn bei Licht zu beschauen und zu töten, bevor er sie und ihr Kind tötet.

Obwohl Amor selbst sie immer wieder gewarnt hat, nicht der Versuchung seines Anschauens zu erliegen - ansonsten würde das zu erwartende Kind ein sterbliches und kein unsterbliches Kind -, folgt sie, von Zweifeln geplagt, schließlich dem Rat der Schwestern und beugt sich eines Nachts, ausgestattet mit Öllampe und Rasiermesser, über ihren Liebsten. Aber wie wird sie von Erstaunen und Entzücken ergriffen, als sie in ihrem Gatten „das zahmste und lieblichste Ungeheuer unter allem Getier", ihn selbst, den herrlichen Liebesgott erkennt! Aus Ungeschick verletzt sie sich an einem der Pfeile Amors und entbrennt nun in

Sehnsucht und schmachtender Hingabe nach dem Gott der Liebe.

Doch dieser, durch einen Tropfen herabfließenden Öls aus der Lampe geweckt, sieht sich getäuscht, entflieht ihren Armen und verkündet von einem Baum herab, dass er sie nun nie mehr aufsuchen kann.

Nun beginnt Psyches Leidensweg auf der Erde und die damit verbundenen Prüfungen. Wir können das Märchen hier nicht in seinen Einzelheiten behandeln[2], sondern wir wollen uns auf diesen einen Punkt konzentrieren: Warum kann Amor, nachdem ihn Psyche in seiner ganzen Schönheit geschaut hat, nun keinen direkten Umgang mehr mit ihr pflegen? Warum muss sie auf der gesamten Erde umherirren, den Elementen trotzen und sogar in die Unterwelt hinabsteigen, um dem Gott der Liebe erneut zu begegnen?

Würde vielleicht der nun bewusst gewordene sterbliche Umgang der Liebe mit Amor den Gott profanieren? Oder will der Gott gerade durch das Leben erkannt werden, damit die Zeit bzw. Zeitlichkeit des Menschen mit einbezogen ist? Wir stehen hier vor einer richtungsweisenden Entscheidung. Apuleius findet eine brillante Lösung für das Problem, die uns alle durchaus zufriedenstellen kann. Die Prüfungen führen zur stufenweise Vervollkommnung Psyches, so dass diese am Ende Amor „heiraten" und als

---

[2] Eine deutsche Fassung des Märchens und eine ausführliche Deutung finden Sie in meinem Buch *Amor und Psyche. Das Mysterium von Herz und Seele*, Frankfurt a.M. u.a. 2011

unsterblich „in den Olymp" aufgenommen werden kann. Damit ist beiden Aspekten Genüge getan: dem irdischen, indem auch in jedem „Ehemann" der Gott erkannt werden möchte, und dem himmlischen: dass sich der Gott zu der „sterblichen Seele" hinabbeugt, um sie in ihr wahres Wesen, ihre Unsterblichkeit zu erheben.

Das Kind der beiden Liebenden ist übrigens eine Tochter namens *Voluptas*, was man in irdischem Verständnis oft mit *Lust* widergibt, was aber füglicher mit *Wonne* bzw. *Entzücken* übersetzt werden kann.

Blick hinter den Spiegel

Einst widerfuhr mir etwas sehr Seltsames, von dem es mich drängt euch zu berichten.

Ich saß in der Straßenbahn auf einem Sitz neben dem Fenster mit dem Blick nach vorn gerichtet. Ich schaute auf die Glasscheibe, die den Fahrerraum vom Abteil der Fahrgäste trennt. Ich spiegelte mich in diesem Glas. Wie ich mich so anschaute, begann ich über mich und meine Seele nachzusinnen und fragte mich: „Wer bist du, bei alledem, was da geschieht?"

Und wie ich mein Gesicht in der Spiegelung betrachte, verändert es sich plötzlich und wandelt sich in das Gesicht des kleinen Mädchens, das ich vor vielen, vielen Jahren war. Ich erschrecke und traue meinen Augen nicht. Es ist wahrhaftig mein Kindergesicht, das ich ungläubig anstarre. Die Züge des Gesichtes sind rund und weich und die weit auseinander stehenden, etwas nach unten weisenden Augen schauen neugierig und klar in die Welt. Auffällig sind die hohe Stirn des Kindes und sein scheues, aber freundliches Lächeln. Ich bin zutiefst erstaunt über diese schauende Vision, die eine Spiegelung meines inneren Kindes nach außen zu sein scheint.

Als ich weiterhin auf das sich mir darbietende Bild schaue, wandelt sich das Gesicht wiederum. Die Züge zeigen nun das Angesicht einer recht selbstbewussten jungen Frau, kurze Zeit darauf das Bild einer etwas älteren Frau. Bis ich schließlich am Ende den Kopf einer alten Frau erblicke, die mit ihren starken Augenlidfalten den hoch liegenden Wangenknochen, dem zerfurchten Gesicht und etwas schütterem Haar einem alten Asiaten gleicht. Weisheit spiegelt sich in diesem Antlitz und ich schaue mit Erstaunen diesem Doppel ins Antlitz, das ich bin und zugleich nicht bin. Als ich es näher betrachte, findet eine Veränderung zu dem Abbild hin statt, das ich in diesem Augenblick darstelle.

Erstaunen, Schrecken, aber auch Faszination und Gefühle tiefster Freude begleiteten diese Vision, ein Geschenk meines Selbst, das ich niemals vergessen werde, solange ich lebe: Den Blick in den Spiegel, der zugleich ein Blick hinter den Spiegel war. Schlagartig begriff und durchlebte ich den Wandel des Lebens, den Geist der vergehenden Zeit und zugleich das Immerwährende in diesem Wandel, das ich auszusprechen nicht in der Lage bin.

Das Auge - das Innere der Welt

Eines nachts als ich im Bett lag - ich weiß nicht, ob ich schlief oder wachte - erschien vor mir an der weißen Wand ein sehr großes Auge.

Ich wollte nicht glauben, was ich sah, schloss die Augen und öffnete sie wieder. Das Auge war noch immer da. Es zeichnete sich nicht durch eine besondere Strenge des Blickes noch durch außergewöhnlichen Glanz oder Helligkeit aus. Es war ganz einfach ein riesiges Auge, aufgetan und nach vorne blickend.

Das Besondere war, dass ich mit einem Schlag wusste: Das Auge bedeutet das Innere der Welt, den inneren Zusammenhang gleichsam. Erst da bin ich erschrocken bei dem Anblick und dem intuitiven Wissen davon. Ein wunderbares Erstaunen ergriff mich ob der Offenbarung dieses übergeordneten Selbst-Bewusstseins und diese Empfindung beherrschte mich so sehr, dass ich daran erwachte.

Der Gaukler und der Hermaphrodit

Ich möchte euch nun eine Traum-Geschichte erzählen vom „Gaukler" - einer Karte des Tarot - und seiner Verwandlung in einen Hermaphroditen. Es ist eine Geschichte, die in aufschlussreicher Weise ein Seelenstadium spiegelt.

Ich begebe mich in einen Raum, in welchem ich auf verschiedene Menschen bzw. Wesen treffe. Unter ihnen befindet sich ein Mann, der mir zwar objektiv unbekannt, aber vom Lieben her sehr wohl bekannt ist. Er ist eine Art Gaukler. Wir erwarten einen feindlichen Angriff, und ehe wir uns noch entschlossen haben zu fliehen, ist es schon zu spät und die Feinde sind eingetroffen. Es gilt jetzt, eine List zu finden, um die feindlichen Linien zu durchbrechen. Der Mann, der wohl eigentlich mein Seelenführer ist und dem ich mich auch bedenkenlos anschließe, bewirkt durch irgendeinen Zauber eine eigenartige Verwandlung, und zwar verbinden er und ich sich zu einem einzigen Wesen. Es ist ein seltsames Gefühl, wie wir zu einer Art Hermaphrodit zusammenwachsen. Durch diese Veränderung für die Feinde unerkennbar geworden, können wir ihr Gebiet ohne weiteres passieren.

Als wir wieder bei den Unsrigen sind, müssen wir zur Berichterstattung vor eine Frau treten, eine Art Königin oder große Mutter. Ich bin „verkleidet" bzw. geschützt, verdeckt durch den großen Hut des Gauklers, der die Form einer liegenden Acht - also des Unendlichkeitssymbols - hat. Der Mann wird zur Rechenschaft gezogen, warum er

74

seine Leute so schnell im Stich gelassen habe. Seine einzige Rechtfertigung besteht darin, dass er meine Identität preisgibt, aber ich befinde mich weiterhin unter seinem Schutz. Die große dunkle Frau scheint zwar etwas zu grollen, zeigt sich aber dadurch schließlich besänftigt. Und dann sagt sie dem Mann, dass er ja wohl offensichtlich jetzt alleine zurechtkommt, und sie gibt ihn frei, indem sie ihn von sich wegzustoßen scheint. Das löst zwar bei mir eine gewisse Beklemmung aus, die jedoch sogleich nachlässt, da ich weiß, dass der Mann eigentlich schon ein großer bekannter Dichter ist, von dem die ganze Geschichte, in der ich selbst aufgetreten bin, stammt und die ich jetzt als Theaterstück erlebe, über das ich sehr froh in Applaus ausbreche.

Du wirst dich fragen, lieber Leser, wer oder was der Gaukler ist, der solch eine Art von Verwandlung hervorzubringen imstande ist. Im Tarot, welches die Entwicklung der Seele symbolisch abbildet, ist der „Gaukler" oder „Magier" die erste Karte am Beginn des Geistwerdungsprozesses. Er enthält noch die Fülle aller Möglichkeiten in sich und ist in diesem Sinne als schöpferische Potenz zu verstehen, die sich nach außen gebiert. Das „Außen" im Sinne eines unerkannten Anderen manifestiert sich hier als „Feind", dessen „Linie" zu durchbrechen ist, was die Überwindung der Dualitätsgrenze bedeutet. Durch die Liebe des Herzens zu dem Seelenführer - dem Geistselbst-Aspekt - vollzieht sich die Verwandlung in einen „Hermaphroditen", in ein „männlich-weibliches Wesen" (die Verschmelzung mit der Dualseele), das durch Fühlen und Erkennen geprägt ist. So können wir das „Feindesgebiet durchqueren". Man muss durch das „Andere" des Selbst, um zum Selbst des „Anderen" - dem kosmischen Herzen als Pneumaleib - zu gelangen. Die Freisetzung des Dualseelenaspektes aus dem Lebensgrund bzw. dem Unbewussten, also dessen Bewusstwerdung, ist gebunden an die „Preisgabe meiner Identität". „Preisgegeben", losgelassen, wird die menschliche Gewohnheit, sich in einer festen Identität und nicht von einem Standpunkt jenseits der Trennung in Individuen, von einem Standpunkt des mehrdimensionalen Geistes her zu begreifen. Diese Bewusstwerdung hat zur Folge, dass sich das Selbst als irdisches Selbst - als Erlebende dieses „Theaterstückes", dieser Lebens- und Liebeserfahrung -, und in der Verschmelzung mit der Dualseele zugleich als Höheres oder Geistselbst, - als „Regisseur" oder Planer dessen - erfahren kann.

Die verschiedenen Wohnungen und die rote Spinne

Ich möchte euch noch von einem anderen Traum-Erleben erzählen, das ebenfalls eine Station auf dem Wege der Selbst-Bewusstwerdung bildet und mir eine wichtige Botschaft zu enthalten scheint. Es handelt von verschiedenen Häusern und Wohnungen, die auf unterschiedliche irdische Leben bzw. Persönlichkeitsstrukturen hinweisen.

In einem luziden Traum[3] ging ich gemeinsam mit meinem Geistführer nacheinander durch fünf verschiedene Häuser bzw. Wohnungen. Ich schaute mir alle ganz genau an und sah mich darin um. Ich erspare mir hier die Beschreibungen, da die Beschaffenheit dieser Häuser und Wohnungen zwar für die Erlebende, nicht aber für den Leser von Bedeutung ist. Nachdem ich mir alle besehen hatte, bat ich meinen Geistführer, sie noch einmal der Reihe nach ansehen zu können, damit ich mir die Einzelheiten besser für nachher, wenn ich aus dem Traum erwacht sein würde, merken könne. Daraufhin durfte ich alle noch einmal anschauen und ihre Charakteristiken „durchleben", denn mir war durchaus klar, dass es sich um unterschiedliche Leben meiner Seele handelte, in welche ich hier momenthaft eintauchen durfte.

---

[3] In einem luziden Traum ist man sich dessen bewusst, dass man träumt

Bemerkenswert war auch der gewollt offenbarte „Traumcharakter" der Leben, so als sei bis zu meinem geistig-spirituellen Erwachen das Leben ein „Traum" der Seele: Ich lag nämlich in mindestens drei der Wohnungen im Bett und erwachte dort plötzlich zu diesem Leben, so als hätte mein Geist zuvor geschlafen bzw. schliefe noch im Hinblick auf die Erinnerung an diese Leben.

Eine der Wohnungen, in die ich kam, war eine wunderschöne große. Diesmal erwachte ich nicht aus dem Schlaf, sondern trat dort direkt ein. Elisa - ein Aspekt aus dem weiblichen Selbst, der meine Mutter in einem vorherigen Leben darstellt - war bei mir. Ich erkannte Einiges in dieser Wohnung bzw. erkannte es wieder und ich freute mich sehr darüber.

Die ganzen Leben bzw. Seins-Ebenen verband auch etwas, das mit der „Selbst-Verdoppelung" zu tun hat, die am Beginn dieses Bewusstwerdungsprozesses steht. Diese erschien mir unter dem Bild einer Spinne, die durch ihren Faden aus sich heraustritt. Es war eine rote Spinne, die einen roten Faden spann, den „roten Faden" des Seins- und Sinnzusammenhanges.

Die Zähmung des Einhorns

In einem antiken Tierbuch aus dem dritten Jahrhundert, *Physiologus* (= der Naturkundige) geheißen, werden Beschreibungen und Geschichten von real existierenden Tieren aber auch von seltsamen Fabeltieren erzählt, deren Symbolik die mittelalterliche Literatur und bildende Kunst in unvorstellbarer Weise befruchtete. Die Wirkung dieses Buches, das in mindestens 20 Sprachen vorlag, ist allein derjenigen der Bibel vergleichbar. Unter diesen Geschichten findet man auch eine seltsame Mär über das Einhorn, das dem mittelalterlichen Menschen als sehr reales Tier erschien, da ja schon in der Bibel an mehreren Stellen von ihm die Rede ist und es sich infolgedessen auch in so mancher Kirche oder in religiösem Umfeld abgebildet findet.

Es heißt, das Einhorn sei ein eher kleines Tier, das einem Zicklein ähnelt, aber ein gewaltiges, gedrehtes Horn mitten auf der Stirn trägt. Das Tier sei von ungeheurer Kraft und sehr wild, so dass kein Jäger sich ihm zu nahen, geschweige denn es lebendig zu fangen vermag.

Dennoch gebe es eine Möglichkeit, Macht über es zu gewinnen und es an den Hof des Königs zu bringen. Man lege ihm eine reine Jungfrau, schön ausstaffiert, in den Weg. Da springt es in den Schoß der Jungfrau, unweigerlich von deren Schönheit und Unschuld angezogen und bezwungen, so dass es ihr freiwillig ins Königsschloss folgt. Da dem Horn des Einhorns entgiftende und heilende Wirkung zugeschrieben wurde - es machte das durch die Schlange vergiftete Wasser durch Berührung mit seinem Horn wieder für alle Tiere trinkbar -, war es für den König ein großer Schatz.

Diese Fabel, die in ihren Grundzügen auf eine alte indische Legende zurückgeht, macht verständlich, wie das Einhorn zu einem sehr bekannten Christussymbol avancieren konnte. Zugleich soll sie darlegen, dass Wildheit und Zorn nur durch Unschuld und Milde bezwungen werden können und dass erlösende Wirkung des Geistes, für den das lebendige Wasser Symbol ist, nur aus dem „Horn des Lichtes", der göttlichen Gnade, erwachsen kann.

Der Fluss des Vergessens und die Anamnesis

Bei den alten Griechen gab es ein sehr schönes Gleichnis bzw. Bild für den Eintritt der Seele in die Polarität der irdischen Sphäre und in einen menschlichen Körper. Es hieß, dass die Seele bei ihrer Inkorporation aus dem Fluss der Lethe tränke, was ein Vergessen des im Jenseits Geschauten und Erlebten zur Folge habe.[4] Deshalb erinnere sich der Mensch nach seiner Geburt weder an die himmlische Sphäre noch an Erlebnisse aus vorherigen Leben bzw. Erkenntnisstufen des Selbst.

Sicher kann man dieses Vergessen der früheren Leben als eine Art von Gnade verstehen, denn welcher Mensch wäre in der Lage, mit dieser Unmenge an Erinnerungen von Taten, Untaten, Leiden, Schmerzen oder auch Freuden aller Leben ein unvoreingenommenes neues Leben zu beginnen? Um sich ganz hineinbegeben zu können in eine neue Inkarnation und das damit verbundene „Spiel des Lebens", ist ein verbergender Vorhang vonnöten.

Dennoch gibt es zuweilen Risse in diesem Vorhang oder dünne, fast durchsichtige Stellen. Und das hat sicherlich seinen Sinn. Die Seele als Fühlen und Ahnen gibt uns zu verstehen, dass da noch mehr ist als das mit den körperlichen Sinnen Wahrnehmbare.

---

[4] Vgl. dazu z. B. Platon: *Der Staat*, 621 a ff.

Wenn wir anfangen mit dem Herzen zu erkennen, erweist sich so Manches anders als es zu sein scheint. Und dann fangen die Mauern der Sinnlichkeit und der Angst, die uns umgeben, langsam zu bröckeln an. Es entsteht eine Sehnsucht nach anderem als irdischem Gut, die bald in ein deutlicheres Streben übergeht.

Wenn wir anfangen mit dem Herzen zu erkennen, regt sich der innere Gott in uns und dieser drängt uns, die Frage nach dem Sinn des Lebens zu stellen und nach dem, wer oder was wir wirklich sind - jenseits aller Vergänglichkeit der Erscheinungen.

Wenn wir anfangen mit dem Herzen zu erkennen, offenbart sich uns die Seele in ihrem Geistsein und enthüllt uns nach und nach Merkmale ihrer Unsterblichkeit und ihres Ursprungs in Gott.

Doch wie geschieht dies?

Ich möchte auch hier auf die antike Begriffs- und Mythen-Welt zurückgreifen und die platonische *Anamnesis*, die Wiedererinnerungs-Lehre, als Hebel meiner Erläuterungen einsetzen. Die *Anamnesis* ist die Basis von Platons Seelenlehre, welche neben der Lehre von den Ideen der wichtigste Grundpfeiler seiner Philosophie ist.

Nach Platon erlangt die Seele vor ihrer Inkorporation die Möglichkeit der Schau der Ideen an überhimmlischem Ort. Die Seele blickt dort zunächst auf die Ideen als das wahre Sein und dessen Grund. Gelangt sie jedoch in einen Körper, verliert sie dieses geschaute Wissen, wie oben im Lethe-Mythos dargestellt. Manche, heißt es dort ausschmückend, sind durstig nach der langen Wanderung in dem trockenen Tal und trinken gierig so viel der Lethe als ihnen möglich, was ein fast totales Vergessen nach sich zieht. Wichtig ist es aber, auch hier Maß zu halten und sich nicht dem sinnlichen Verlangen zu überlassen. Am besten ergeht es denen, die schon zuvor in anderen Leben philosophisch gelebt haben, denn in ihnen ist die Liebe zur Weisheit (etym. *philosophia*) und die Sehnsucht nach der Schau der Ideen, insbesondere der Idee des Guten, des *Agathon*, am lebendigsten. Denn wenn auch das in der Ideenschau erlangte Wissen vom Menschen vergessen wurde, so ist doch der Seele die Gabe der Wiedererinnerung, die Fähigkeit zur *Anamnesis*, erhalten geblieben.

Die phänomenale Sinnenwelt ist in der Regel der Auslöser für die sich anschließende *Anamnesis*. Der Stufengang der Liebe (des Eros) bis zur Schau der Idee des Schönen (Guten, Wahren) ist wunderbar im *Symposion* dargestellt, das ich dem Leser wärmstens zur Lektüre empfehlen möchte. Ich kürze hier ab: Durch ein äußeres Schönes, das dem Liebenden begegnet, entsteht die Wiedererinnerung der Seele an ein „vormals geschautes Schönes", was nun wiedererkannt werden kann - wirkliches Erkennen, mit dem Herzen Erkennen ist immer ein „Wiedererkennen".

Und auch alles, was jemals (in irgendeinem der Leben) wahrhaft, d. h. mit der Seele erkannt wurde, kann „wiedererkannt" werden, da es Ewiges bzw. Sein geworden ist.

Das, was hier als präexistentes Lieben bzw. als Idee von Liebe dem Leben voraus geht, ist in Wahrheit nicht als ein zeitliches Nacheinander zu fassen, sondern als ein immerwährendes Seiendes, denn das Selbst ist noch IDEE IN GOTT (als Höheres Selbst) und zugleich Geschöpf. Wenn das Sinnen des Menschen Eines wird mit dem Sinnen seiner Seele setzt eine andere Erkenntnisform ein, nämlich eine intuitive Erkenntnis", in welcher der Mensch nicht mehr nur mit seinen sinnlichen Augen sieht, sondern zugleich mit den Augen der Seele unter dem Blickwinkel der Ewigkeit zu schauen beginnt.

Der Dämon des Sokrates

Von Sokrates, dem großen Weisen, erzählen seine Schüler Platon und Xenophon, er habe einen Dämon gehabt, der ihm als ihn leitende innere Stimme seit seiner Kindheit vertraut gewesen sei. Es ist damit natürlich kein negativer verführender Dämon im christlichen Sinne gemeint, sondern ein so genanntes *Daimonion*, das dem römischen *Genius* vergleichbar ist. Bis zu Platons Zeit werden Dämonen und Götter als gleichrangige, den Menschen überlegene Wesen von positivem Charakter verstanden[5]. Zuweilen werden die *daêmones* (etym. *Wissende*) auch als mittlere Wesen zwischen Göttern und Menschen eingeordnet, die hier eine Boten- oder Vermittlerfunktion übernehmen wie die Engel in der christlichen Vorstellungswelt. Auch Eros ist nach dem *Symposion* solch ein großer Dämon, der das Streben der menschlichen Seele nach Schönem, Wahren, Guten fördert.

Das Besondere des sokratischen Dämons ist nach Platons Aussage, dass dieser zwar den Sokrates davon abhält bzw. ihm abrät, etwas zu tun, ihm aber niemals positiv zu etwas rät oder ihn zu etwas anspornt. Ganz besonders augenfällig wird diese Besonderheit des Dämons bei Sokrates' Anklage und Tod. Der Dämon schweigt zu der Verurteilung Sokrates' zum Trank des Giftbechers, d. h. er rät ihm

---

[5] Weshalb die Schrift des Apuleius über diesen Dämon auch *Über den Gott des Sokrates* heißt.

nicht ab, das Todesurteil zu akzeptieren. Und Sokrates selbst ist sogar noch vor seinem Tod im Gefängnis darum bemüht, seinen Freunden Wesen und Unsterblichkeit der Seele darzulegen.[6]

Ich habe lange über diese Besonderheit des sokratischen Dämons nachgesonnen. Warum rät er seinem Schützling nur in bestimmten Fällen ab, aber niemals zu? Ich denke, das hat einerseits mit der menschlichen Freiheit zu tun. Würde der Dämon ihm zu einem bestimmten Weg, einer bestimmten Entscheidung usw. zureden, so grenzte er dessen freien Willen, der ja trotzdem gewahrt bleiben soll, in unstatthafter Weise ein. Der Mensch müsste nicht mehr selbst entscheiden, sondern bräuchte nur den Weisungen seines Dämons zu folgen und würde so nach und nach zu dessen bloßem Instrument. Darin kann aber des Menschen irdisches Schicksal nicht begründet liegen. Wie sollte dieser Mensch zunehmen an Weisheit und Selbständigkeit, wenn er seine eigenen Fähigkeiten des Denkens, Empfindens und Strebens nach Wahrheit und Tugend nicht einsetzen würde?

Hinzu kommt ein anderes wichtiges Argument, das wir als Menschen manchmal zu übersehen scheinen. Es hängt mit dem Verhältnis von Wirklichkeit und Potentialität zusammen. Wir meinen oft, wenn wir vor einer Entscheidung stehen, müssten wir einfach das Richtige tun, um zufrieden und glücklich zu sein.

---

[6] Vgl. hierzu Platons *Phaidon*

Aber wahrscheinlich gibt es viele „richtige" Möglichkeiten bzw. kein wirklich Richtiges oder Falsches, wenn man es von einer höheren Warte aus wie der des Dämons oder Höheren Selbst sieht. Die Entscheidungen führen möglicherweise zu anderen Ergebnissen hinsichtlich des Schicksalsverlaufs, müssen aber nicht schon per se schlecht oder unangenehm für uns sein. Wir tun gut daran, das Urteilen hier aus dem Spiel zu lassen. Die sinnende Seele oder das Höhere Selbst arbeitet so, dass es den Menschen jeweils an einer bestimmten Stelle „abzuholen" imstande ist. Menschliche Fehler und Irrtümer sind darin eingeschlossen, denn aus ihnen können wir lernen, wenn wir zu lernen bereit sind. Oft stellen sie Prüfungen dar, die gerade zu einer Reifung der Seele führen.

Warum dann aber überhaupt das Abraten des Dämons von bestimmten Dingen? Bei dem zu Meidenden handelt es sich offenbar vor allem um der Gottheit nicht Wohlgefälliges, das sich sowohl auf die Tat wie auf das Wort bzw. die Rede bezieht. Ein gutes Beispiel dafür ist im *Phaidros*[7] verzeichnet.

Sokrates hat eine Rede auf den Eros gehalten, in welcher er die Liebe als Wahnsinn bezeichnet, welcher der Seele schädlich ist, weshalb man nicht dem Liebenden, sondern dem Vernünftigen folgen solle. Als Sokrates nun heimkehren und über ein Flüsschen

---

[7] Vgl. *Phaidros* 242b ff.

schreiten will, wird er von seinem Dämon, der sich wiederum als seine wohlbekannte innere Stimme äußert, aufgehalten und daran gehindert, diesen Fluss zu überqueren, bevor er sich von seiner Verfehlung dem Eros gegenüber gereinigt habe. Diese Reinigung besteht in einer *Palinodie*, einer Gegenrede, die dem Wesen des Eros angemessen ist. Sokrates spricht nun über die die drei Arten göttlichen Wahnsinns, worunter neben der Liebe und der Wahrsagekunst auch die Dichtkunst fällt, und erweist, dass die Götter diesen Wahnsinn zur größten Glückseligkeit verleihen. Denn durch die göttliche Begeisterung an dem Schönen in der Liebe wächst das Seelengefieder des Liebenden und die Seele kann sich in die himmlischen Gefilde der Unsterblichkeit und des Ewigen erheben.

Es wird deutlich, dass Sokrates seinen Dämon ehrt, indem er ihm Folge leistet und sein Streben auf das *Agathon* (das Gute, Tugendhafte) als das inhärente Telos der Seele ausrichtet. Denn der Dämon ist das Göttliche im Menschen, das einem jeden von Gott gegeben wird. Wer den Dämon in sich ehrt und fördert, wird in besonderer Weise *eudaimôn*,[8] glücklich bzw. glückselig sein, und der weise Sokrates gilt als einer der glückseligsten Menschen.

---

[8] Das heißt wörtlich „einen guten Dämon habend".

Die Geschichte des Aktaion

Aus der griechischen Antike stammt wie der Mythos von Ödipus auch eine andere Geschichte, die uns hellhörig werden lassen sollte.

Ein junger Jäger namens Aktaion, der seine Jagdkunst dem weisen Kentauren Cheiron verdankt, verfolgt einmal eine vor ihm flüchtende weiße Hirschkuh. Er gerät immer weiter ins Dickicht und in den tiefen Wald hinein. So gelangt er schließlich zu einer Lichtung, auf welcher die Göttin Artemis - im römischen Mythos wird diese Diana genannt - und ihre Begleiterinnen in Spielen vertieft sind. Da sie gerade ein Bad genommen haben, sind sie nackt. Aktaion, der die jungfräulichen Mädchen belauscht und ausspäht, ist von der Grazie und Schönheit der Göttin so entzückt, dass er in Leidenschaft zu ihr entbrennt. So wagt sich der Neugierige schließlich immer weiter aus seinem Versteck hervor, bis ihn die Göttin entdeckt. Auf der Stelle verwandelt sie ihn in einen Hirsch, der, von seinen eigenen Hunden gehetzt, schließlich zerrissen wird.

In der antiken Mythologie und Mysterienlehre wird das unmittelbare Anschauen eines Gottes in seiner wahren Gestalt und der nicht von der Gottheit ausgehende direkte Umgang mit ihr durch einen Sterblichen als hybride Neugier und hoffärtiger Vorwitz verstanden und mit dem Tod oder mit Verblendung und Wahnsinn des Menschen bestraft.

Nun gilt ausgerechnet Artemis bzw. Diana als Personifikation jungfräulicher Scheu und Verborgenheit und als Ausdruck göttlicher Wahrheit. Sich dieser ungebeten zu nähern, muss mithin auf das Schwerste gesühnt werden.

Besonders die Art der Strafe gibt Anlass zum Nachdenken. Die Verwandlung eines Mannes in ein Tier durch eine Göttin weist ganz und gar auf den Bereich sinnlichen Lebens. Man denke auch an Odysseus' Gefährten, welche von Circe in Schweine verwandelt wurden. Wer sich von seinen Leidenschaften noch nicht befreit hat, sich also gleichsam „unvorbereitet" - die Initiation in bestimmte Mysterien, auf welche ein Myste durch seinen Mystagogen vorbereitet wurde, sollte eine Art stufenweise seelische Entwicklung und Einweihung in spirituelle Erkenntnis bewirken -, wer sich also aus bloßem Vorwitz oder aus anderen „niederen Beweggründen" dem gleißenden Licht göttlicher Wahrheit aussetzt, hat mit schweren Folgewirkungen zu rechnen, denn dieses Licht fällt auch in die verborgenen Bereiche der ontischen Seele, das heißt des normalerweise unbewussten Lebens. Dass Aktaion von seinen eigenen „Hunden" zu Tode gehetzt wird - die Hunde sind Symbol der männlichen Sexualkräfte -, zeigt, dass nicht Aspekte seines Höheren Selbst, sondern Aspekte sinnlicher Begierde und Leidenschaft, also gleichsam Schattenaspekte, aktiviert wurden, die sein Bewusstsein gespalten, „zerrissen" und sein Leben zerstört haben.

In dem Aktaion-Mythos ist also eine Warnung an den irdischen Menschen enthalten, sich mit der Gottheit bzw. mit der göttlichen Erkenntniskraft nicht auf gleiche Stufe zu stellen, sondern sich ihr in Demut und in kleinen Schritten anzunähern.

Das Paradies

Auch aus der christlichen Mythologie kennen wir ein ähnliches Verbot. Es heißt Gott der Herr hat den Garten Eden gegen Osten hin geschaffen mit allerlei wunderbaren Sträuchern und Bäumen und mancherlei Getier. Schließlich setzt er auch das erste Menschenpaar Adam und Eva hinein. Sie sind nackt, aber sich ihrer selbst und ihrer Nacktheit nicht bewusst. Gott erteilt ihnen die Erlaubnis von allem zu essen außer von dem großen Baum in der Mitte, der die Früchte der Erkenntnis des Guten und Bösen trägt. Sollten sie von diesen Früchten essen, müssten sie sterben.

Die Schlange kann sie aber gerade dazu verführen. Denn die Äpfel an diesem Baum glänzen allzu verlockend und nachdem die Schlange Eva versichert hat, sie würden keineswegs durch das Essen von diesem Baum sterben, sondern es würden ihnen die Augen aufgetan und sie würden sein wie Gott und wissen, was gut und böse ist, findet Eva, dass es nicht schlecht wäre von diesen wunderbaren Früchten zu essen, die eine Augenweide sind und außerdem klug machen. Und so isst Eva von den Früchten und gibt auch Adam davon. Sobald sie von den schönen Paradiesäpfeln gegessen haben, werden „ihnen die Augen aufgetan" und sie werden sich ihrer Nacktheit gewahr und verstecken sich vor Gott.

Gott ist sehr zornig, dass sie sein Verbot übertreten haben und bestraft sie damit, dass sie nun auf der Erde mühsam ihr Leben fristen müssen: dass Eva unter Schmerzen Kinder gebären und Adam den dürftigen Acker unter Mühen bestellen muss. Und wenn sie schon vom Baum der Erkenntnis gegessen haben und nun - wie Gott selbst - wissen, was gut und böse ist, so sollen sie ihre Hand nicht auch noch nach dem Baum des Lebens ausstrecken und von seinen Früchten essen und ewiglich leben. So treibt Gott die beiden ersten Menschen aus dem schönen Paradies und weist ihnen einen dürren Flecken Erde als Lebensraum zu. Und vor dem Eingang zum Paradies lässt er den Cherub mit dem Flammenschwert lagern, um den Weg zum Baum des Lebens zu bewachen.

Was will uns dieses schön ausgeschmückte Gleichnis sagen? Spricht es von einer Art kindlichem Urzustand des Menschen, in welchem dieser unschuldig und schön war und der dann verloren ging? Oder meint es die menschliche Seele, die nahe ihres göttlichen Ursprungs noch gleichsam ohne Kleid - ohne den irdischen Körper - lebt(e)? Gewiss ist, dass die Schlange mit „gespaltener Zunge" spricht, denn ihr Rat bringt den Dualismus hervor. Während die Sicht des Paradiesmenschen zunächst eine der einfachen Einheit des Seins ist, in welcher er sich selbst als Denkender nicht bewusst ist, führt das Essen von den „verbotenen Früchten" zur Unterscheidung von Gut und Böse, also zum Urteil. Ein bedeutender idealistischer Dichter sprach hier vom Ur-Teil. Und er hat insofern recht, als mit dieser Differenzierung der Mensch nicht nur erkennt, was gut und was böse ist, sondern sich zugleich als Teil von der Ganzheit absetzt. Mit anderen Worten er setzt sich als Individuum, als denkendes Wesen, das zwischen Ich und Anderem, zwischen Subjekt und Objekt unterscheidet. Adam und Eva erkennen plötzlich, dass sie nackt sind. Und sie verstecken sich vor Gott, denn mit diesem ersten Akt der Selbsterkenntnis wird ihnen zugleich ihre Schuld vor Gott, wird ihnen ihre „Sünde" - dem Einheitsbewusstsein gegenüber - klar.

Und in noch einem anderen wichtigen Punkt hat die Schlange nicht die Wahrheit gesagt. Das Essen vom Baum der Erkenntnis bringt zwar Klugheit mit sich, aber es macht zugleich sterblich. Durch das „Irdischwerden der Seele", durch den Übergang von der Ewigkeit des Paradieszustandes in die Zeitlichkeit irdischen Bewusstseins ist auch das Urteilen an den menschlichen Verstand zurückgebunden und mithin fehlbar. Es wird keine göttliche, allwissende Erkenntnis erlangt, sondern durch die (scheinbare) Trennung vom göttlichen Bewusstsein wird sich der Mensch seines physischen Leibes und seiner Dauer, also seiner Sterblichkeit bewusst. Und je mehr sich sein Denken darum dreht, desto stärker sind auch die Gefühle sterblicher Natur, und am Ende vergisst er vielleicht sogar seinen eigentlich göttlichen Ursprung.

Ist es der Schlange vielleicht darum zu tun, dass der Mensch am Ende sich ganz der Finsternis anheim gibt und das Licht seiner Seele vergisst oder verleugnet? Oder ist es die Rolle der „Schlange"- des Bewusstseins der Trennung - im Sinne des Goetheschen Mephisto die menschliche Erkenntnis anzustoßen bzw. weiterzutreiben, indem erst durch das Böse das Gute sichtbar bzw. erkennbar wird? Innerhalb der Zeitlichkeit hätte dann auch das so genannte Böse seine Erkenntnisfunktion, aber ist der Mensch bzw. sein Bewusstsein nun ewig an diese Zeitlichkeit gebunden?

Ein anderer feinsinniger Dichter kam auf den Gedanken, dass der Mensch, wenn er ganz um die Erde herumgegangen sei, vielleicht wieder ins Paradies gelangen und so erlöst werden könne.[9] Nun bewacht aber der Cherub „mit dem Flammenschwert" den Baum des Lebens, dessen Früchte das ewige Leben verheißen.

Erst wenn wir das Schwert der geistigen Erkenntnis im Sinne eines göttlichen Alleinheitsbewusstseins führen können, wenn Liebe und Leben in unserem Denken die Dualität überwunden und für uns Eines geworden sind, treten wir in unser "Engelbewusstsein" ein. Dann hat sich unser Sinnen mit dem Sinnen der Seele - Aspekten aus dem Höheren Selbst -

---

[9] Vgl. hierzu Heinrich von Kleists *Aufsatz über das Marionettentheater*

vereinigt und wir können auch die Früchte „ewigen Lebens" - einer dauerhaften Einheit von göttlichem und irdischem Bewusstsein - genießen.

Der Wurf des Sämanns[10]

Wie sich das Angleichen an das Göttliche durch die Zeit hindurch vollzieht, davon gibt die „Patmos"-Hymne des großen Dichters Friedrich Hölderlin Kunde:

„Es ist der Wurf des Sämanns, wenn er faßt
mit der Schaufel den Waizen,
Und wirft, dem Klaren zu, ihn schwingend über die Tenne."[11]

Den Hintergrund zu diesen Versen bildet das bekannte biblische Gleichnis vom Sämann, das bei Matthäus wie folgt lautet:

„Siehe, es ging ein Säemann aus, zu säen. Und indem er säte, fiel etliches an den Weg; da kamen die Vögel und fraßen's auf. Etliches fiel auf das Felsige, wo es nicht viel Erde hatte, und ging bald auf, darum daß es nicht tiefe Erde hatte. Als aber die Sonne hochstieg, verwelkte es, und weil es nicht Wurzel hatte, ward es dürre. Etliches fiel unter die Dornen und die Dornen wuchsen auf und erstickten's. Etliches fiel auf ein gutes Land und trug Frucht, etliches hundertfältig, etliches sechzigfältig, etliches dreißigfältig. Wer Ohren hat, der höre!"

---

[10] Vgl. hierzu auch Vincent van Goghs Bild *Der Sämann*, das sich auf dem Cover abgebildet findet.
[11] Die Patmos-Hymne ist zitiert nach StA II, V. 152 ff., 169

Lukas, der das Gleichnis in fast identischem Wortlaut wiedergibt, fügt in seiner Erläuterung des Gleichnisses durch Jesus an, dass es bei „dem Samen" um das Wort Gottes und bei dem Gleichnis um die Geheimnisse der Erlangung des „Reiches Gottes" geht (Luk 8, 9 ff.). Nur den Jüngern ist es gegeben, die Wahrheit - Gottes Wort - unmittelbar zu erfahren, den anderen wird sie „in Gleichnissen", gleichsam „verborgen" in dichterischem Wort - oder auf die Schöpfung bezogen in zeitlich-vergänglichem Gewand - vermittelt.

Ab der 2. Fassung der Hymne heißt der obige Vers unseres Dichters:[12]

„Es ist der Wurf das eines Sinnes".

Durch diese Änderung wird der Bezug zum johanneischen Logos und der Liebe Gottes deutlicher. Der „Sinn" ist das Wort, das „im Anfang bei Gott war" (vgl. Joh. 1,2). Der Logos als Sinn zielt zunächst auf die Ebene des Vaters, die Idee von Welt, die - vor der Erschaffung - in Gott war. Aber: „Alle Dinge sind durch dasselbe [das Wort] gemacht, und ohne dasselbe ist nichts gemacht, was gemacht ist" (Joh. 1,3). Das ist der „Wurf" des Sämanns oder Sinnes. Er bezieht sich auf das Dynamisch-Werden des im-

---

[12] Beide Fassungen und eine ausführliche Deutung der Hymne finden sich in Josefine Müllers: *Die Ehre der Himmlischen*, Hölderlins *Patmos*-Hymne und die Sprachwerdung des Göttlichen, Frankfurt a. M. 1997

manenten göttlichen Prinzips, welches Christus als der Weltgeist oder der Heilige Geist ist.

Das Telos, zu welchem hin der Weizen geworfen wird, ist „das Klare", das Licht. Es bestimmt die Richtung des Wurfs und weist auf den Bereich des verherrlichten Christus, den Gott in seiner Klarheit am Ende der Zeiten.

Innerhalb der Zeitlichkeit und Egohaftigkeit der Welt kann der Geist nicht immer als das erscheinen, was er wesenhaft ist, nämlich Ewige Liebe. Aber durch die Zeit hindurch findet eine Aussonderung, eine Reinigung statt, in der Spreu und Weizen voneinander getrennt werden. Das ist die „Arbeit auf der Tenne", welche der Sämann vornimmt, der zugleich Worfler ist (vgl. Luk. 3,17).

„Ihm [dem Sämann] fällt die Schaale vor den Füßen, aber
Ans Ende kommet das Korn."

Die Bewusstwerdung des Göttlichen ist ein Prozess der Verwesentlichung. Die „Schaale", das, was ohne Bestand ist, ist der Vergänglichkeit, dem „Fallen" anheimgegeben. Aber das „Korn" kommt „ans Ende", erreicht seine Vollendung. Es ist das, was wesentlich geworden ist, was in sein Wesen getreten ist. Dies ist das Geistgewordene, das dem Gott „wiedergebracht" werden kann. Das Heranreifen des Korns ist der Vollendungsgang, den das göttliche Wort, der LOGOS, auf Erden vollbringt.

„Lang ist
Die Zeit, es ereignet sich aber
Das Wahre."[13]

Das „Korn" als „das Wahre" kommt auf jeden Fall „ans Ende".

„Und nicht ein Übel ists, wenn einiges
Verloren gehet und von der Rede
Verhallet der lebendige Laut,
Denn göttliches Werk auch gleichet dem unsern,
Nicht alles will der Höchste zumal."[14]

Das Göttliche erscheint nicht mehr unmittelbar personifiziert seit dem Tod Jesu Christi, sondern im Walten des Logos in der Natur und im Innern, im Herzen des Menschen. Deshalb ist das Ziel „Gott im Geiste und in der Wahrheit" anzubeten (Joh. 4,24.) und nicht in einer vergänglichen Gestalt. Und selbst, wenn so Manches vom Werk verloren zu gehen scheint - „manchmal von Reden verhallet der lebendige Laut" (spätere Version) -, so bleibt „der Gesang" bestehen, wo Gott in Einer Sprache, aus dem Geist der Liebe, dem pneumatischen Geist heraus erkannt und gepriesen wird.

---

[13] F. Hölderlin, *Mnemosyne*, 1. Fg. StA II, 193
[14] F. Hölderlin, *Patmos*, a. a. O., V. 157 ff. StA II, 170

Aber wichtig ist, in dieser Verähnlichung mit dem waltenden Logos, das Wort des Göttlichen in seinem Innern reifen zu lassen und nicht „sich selbst zu spornen." Letzteres wäre „unzeitiges Wachstum", das, was die alten Mythen und Mysterien als Hybris bezeichnen. Nicht aus der ersten Empfindung heraus sollte der Gott „genannt" werden, sondern erst aus der „vollendeten Empfindung", dem besonnen Herzen, aus welchem „Freude mit Geist" entsteht.[15]

---

[15] F. Hölderlin, *Über die Verfahrungsweise des poetischen Geistes*, StA IV, 261

Das Auge der Herz-Erkenntnis

Im alten Ägypten gibt es eine mythische Geschichte, die sich um das Auge des Falkengottes Horus, auch Udjat-Auge genannt, rankt.

Es wird erzählt, dass Horus, der Sohn des unterweltlichen Königs und Richters Osiris, mit Seth, dem Bruder und Mörder des Osiris, einen Kampf um die Herrschaft Unter- und Oberägyptens führt. Während des Kampfes reißt Seth dem Horus das linke Auge aus, das auch symbolisch für den Mond steht, während das rechte Auge die Sonne versinnbildlicht. Die „Augen" des Horus senden also Licht aus, während Seth das Finstere repräsentiert. Es ist mithin zugleich der kosmische Kampf um Licht und Finsternis angesprochen, wie er auch aus anderen Mythologien bekannt ist.

Seth, als Schattenaspekt des Osiris, vertritt darin die dunkle Seite, während Horus gleichsam den aus der Finsternis - dem Urvergessen - „wiedergeborenen Osiris" versinnbildlicht. Sein verloren geglaubtes linkes Auge wird dem Horus nämlich von Toth, dem Gott der Weisheit und der Schrift, wiedererstattet, nachdem dieser es zuvor „geheilt" hat. Horus, so heißt es, bringt das Auge als „Opfer" seinem Vater Osiris in der Unterwelt dar, wo es diesem zu neuer Kraft und neuem Leben verhilft.

Das Udjat-Auge, das auch auf Schwellen angebracht und als Amulett getragen wurde, wollte als Auge des Heils und der Weisheitserkenntis ebenso dem Verstorbenen auf seiner Jenseitsreise Zeichen und Hoffnung sein wie es bereits im Leben apotropäische Wirkung entfalten sollte.

Das Symbol des „Herausreißens" oder Zerreißens deutet auf das Leiden am dualistischen Bewusstsein, während das „Heilen" die Überwindung des Dualismus durch Weisheitserkenntnis andeutet. Ein „drittes", tiefer Erkennendes bricht sich Bahn und übernimmt fortan die Regierung. Es bezieht den „Unterweltsbereich" - das Unterbewusste bzw. die Lebensseele - mit ein. Der „Mond" symbolisiert als das Weibliche die Ebene des Empfindens und des ontischen Lebens. Erst durch „Heilung" - Anerkennung und Ehrung dieser Seite - kann die Einbeziehung dieser Ebene, kann intuitives Herz- Erkennen stattfinden und der Dualismus überwunden werden.

Im Buddhismus wird diese Stufe der Erkenntnis auch als Öffnung des „Dritten Auges" beschrieben. Sie bezieht sich auf die Aktivität im Bereich des Stirnchakras, die hier immer mit einer Zentrierung der Kundalini-Kräfte - des Seelenbewusstseins - im Herz-Chakra einhergeht. Der so Schauende bzw. aus dem Herzen Erkennende wird von Mitgefühl und Weisheit geleitet und hat die Bewusstseinsebene dualistischen Verstandesdenkens integrierend überwunden. Das zeigen auch Abbildungen der tibetischen Göttin Tara, die als „weiße Tara" ein Sinnbild für Weisheit und als „grüne Tara" ein Symbol für mitfühlendes spontanes Handeln ist.

Auch im christlichen Denken und Vorstellen spielt das Auge eine bedeutende Rolle. In der christlichen Kunst bedeutet ein von Sonnenstrahlen umgebenes Auge Gott und weist auf dessen Allwissenheit, Wachsamkeit und behütende Allgegenwart. Ein Auge in der Hand Gottes versinnbildlicht die schöpferische Weisheit Gottes und ein Auge im Dreieck symbolisiert Gott-Vater in der Dreifaltigkeit. Für den obigen Zusammenhang besonders bedeutend scheinen Abbildungen von Christus mit „dem sehenden Herzen". Auch Christus stieg in die „Unterwelt" hinab, um die dort gefangenen Seelen bzw. Aspekte zu erlösen. Die Darstellung Christi mit einem Auge im Herzen, streicht auch hier den Aspekt des Mitgefühls und der liebenden Barmherzigkeit heraus.

Sowohl Horus als auch Christus repräsentieren den Gott-Sohn-Aspekt, der in Ägypten zunächst auf den Pharao, dann auf den Mysten und im Christentum auf die Gotteskindschaft des Gläubigen ausgeweitet wurde. Er bedingt eine Neugeburt aus dem Geiste Gottes bzw. dem pneumatischen Geist, die zu einem vertieften, übersinnlichen - da seelisch-geistigen - Lieben und Erkennen befähigt.

Das sich aus diesem Geiste vollziehende Schauen erinnert an Platons Ideenschau und an die visionäre

Schau der Mystiker. Die mit diesem Schauen einhergehende Selbstwerdung bzw. Selbstvervollkommnung vollzieht sich im Sinne eines Sich-Anverwandelns an den Gott und seine Ewige Liebe, welche immer schon als inhärentes Telos im Grund der Seele angelegt ist. Durch Aktivierung von Aspekten des Höheren Selbst können die göttlichen Ideen sich in der menschlichen Seele als Archetypen auswirken und haben eine Neuwerdung des Menschen und eine Wandlung seines Lebens zur Folge.

Abbildung des altägyptischen Udjat-Auges

Ein Gleichnis bist du:

Der Samen auf dem Felde

Mensch, ein Gleichnis bist du!
Ein Gleichnis,
mit welchem der Gott das Leben auslegt.

Fällt seine Liebe auf dürren Grund,
wächst du verschlossenen Mundes nach innen.

Fällt seine Liebe unter die Dornen,
erstickt dein Licht in Reichtum und Sorgen der Welt.

Fällt seine Liebe auf felsigen Boden,
schlägt dein Herz nicht Wurzeln.

Fällt sie aber auf gutes, bereitetes Land,
bringt dein Samen Frucht der unendlichen Liebe.[16]

---

[16] Das Gedicht ist entnommen aus: Josefine Müllers, *Erinnerung an das Sein. Gedichte um Mensch und Natur*, Hamburg 2016, S. 7

Autorenportrait Dr. Josefine Müllers

Literaturwissenschaftlerin
Fachautorin
Schriftstellerin
Spirituelle Lehrerin

Die Autorin ist 1948 am Niederrhein geboren. Sie machte zunächst eine Übersetzerausbildung mit Tätigkeiten im In- und Ausland. Dann absolvierte sie ein Studium als Germanistin und Romanistin. Sie studierte Deutsch, Französisch, Spanisch, Philosophie und Pädagogik mit den Abschlüssen I. und II. Staatsexamen und Promotion in Neuerer Deutscher Literatur. Es folgten intensive private Studien der Psychologie, Mythologie und Symbolkunde. Sie ist Mitglied der Wissenschaftlichen Symbolgesellschaft.

Sie arbeitete als Dozentin für Literatur und Sprachen in der Universität und in der Erwachsenenbildung, als Deutsch- und Französisch-Lehrerin in der Schule, als Seminarleiterin und Beraterin in spiritueller Psychologie und Symbolwissenschaft. Heute lebt sie als frei schaffende Autorin und spirituelle Lehrerin in

Überlingen am Bodensee und hält Lesungen, Vorträge und Seminare.

Sprachen: Deutsch, Französisch, Spanisch, Englisch (fließend);
Italienisch, Portugiesisch., Latein (gute Grundkenntnisse)

Veröffentlichungen:

Bücher und Hörbücher:

Liebe, Erkenntnis und Dichtung. Ganzheitliches Welterfassen bei Goethe und Hölderlin, Frankfurt a. M. 1992

Die Ehre der Himmlischen. Hölderlins *Patmos-Hymne* und die Sprachwerdung des Göttlichen, Frankfurt a. M. 1997

Liebe und Erlösung im Werk Johann Wolfgang von Goethes, Frankfurt a. M. 2008

Die Poesie des Himmels. Eine literarische Reise durch die Welt der Engel. Große Engelgedicht-Anthologie, Hrsg. und Mitautorin, Freiburg 2008

Dazu auch Hörbuch: Die Poesie des Himmels, (Auszüge aus dem obigen Buch, gelesen von Nina Petri mit harfen-musikalischer Begleitung von Anne-Sophie Bertrand), Freiburg 2008

Neuauflage des Hörbuchs: Wie Engel auf Erden, Freiburg 2013

Amor und Psyche. Das Mysterium von Herz und Seele, Frankfurt a. M. 2011

Geheimnis und Verwandlung. Märchen und Initiationsgeschichten, Berlin 2013

Erinnerung an das Sein. Gedichte um Mensch und Natur, Hamburg 2016

Der Liebe selig Lied. Liebeslyrik, Hamburg 2016

Und ewig ist der Augenblick, Gedichte, Hamburg 2017

Hortulus Bestiarum. Komische Lyrik vom Sinn und Unsinn des Lebens, Hamburg 2017

Reisen ins Herz. Traum und Selbst-Erkenntnis, Hamburg 2018

Traum-Brunnen - Wege zur Weisheit des Selbst, Hamburg 2019

Glanz wie vom ersten Tage - Schöpfungsgesänge, Hamburg 2019

Aufsätze:

Lesend aber gleichsam, wie in einer Schrift. Anmerkungen zu Hölderlins hymnischen Betrachtungen *Was ist der Menschen Leben?* und *Was ist Gott?* in: Hölderlin-Jahrbuch 1994-95

An der Hand des Engels. Der Engel in bildender Kunst und Literatur, in: *Symbolon*, Jahrbuch für Symbolforschung, Neue Folge, Band 13, 1997

Das sich offenbarende Geheimnis: Goethes *Märchen* der Erlösung. Ein Beitrag zum symbolischen Verstehen, in: *Symbolon*, Band 14, 1999

Die Sprache des Selbst und ihre Wandlungen im Medium des Traums, in: *Symbolon*, Bd. 17, 2010

Die Bewusstwerdung des Göttlichen im Menschen, in: *Lichtfokus* Nr. 47, Herbst 2014

außerdem:

Parabeln, Märchen, Kurzprosa, Lyrik und Lyrik-Übersetzungen in Anthologien und literarischen Zeitschriften

Zeitfracht Medien GmbH
Ferdinand-Jühlke-Straße 7
99095 Erfurt, Deutschland
produktsicherheit@kolibri360.de